時が見下ろす町

長岡弘樹

祥伝社文庫

目次

第一章　白い修道士……7
第二章　暗い融合……37
第三章　歪《ゆが》んだ走姿《フォーム》……73
第四章　苦い確率……107
第五章　撫子《なでしこ》の予言……137

第六章　翳《かげ》った指先……171
第七章　刃《やいば》の行方……203
第八章　交点の香り……235
解説　細谷正充《ほそやまさみつ》……265

第一章　白い修道士

1

三十分前に服用した痛み止めが、ようやく効《き》いてきたらしい。新造《しんぞう》は介護用ベッドの上で静かに寝息を立て始めた。

呼吸のリズムこそ安定しているものの、面差《おもざ》しは険《けわ》しかった。眉間《みけん》に皺《しわ》を作り、歯をきつく食いしばっている。人が眠っているときの顔にはとても思えない。普段から抗癌剤《こうがんざい》の副作用に苦しみ続けているうちに、こんな表情が四六時中顔に張り付いたままになってしまった。

化学療法によって起こる末梢《まっしょう》神経障害。その痛みがどれほどのものかは、本人でなければ計り知れるものではないだろう。とはいえ、夫の顔に刻まれた苦悶《くもん》の皺を見ていれば、いくらか想像はできる。

いつの間にか、新造は薄《うっす》らと汗をかいていた。髪の抜け落ちた頭部が朝日を受けて鈍《にぶ》く光っている。

クーラーの設定温度を〇・五度下げ、ブラインドを閉めてから、わたしは居間へ戻った。

中途半端になっていた本棚の整理作業を再開する。この本棚は設計を間違えた。奥行きが深すぎて、結果的に本を二重置きする羽目《はめ》になってしまった。

作業を続けていると、奥に並べた列に五巻揃《ぞろ》いの書籍を見つけた。化学療法に代わる治療法はないものかと、以前に買い求めてみたセット本だ。

一巻目には、カイロプラクティックやリフレクソロジー、指圧といったものが紹介されている。

二巻目には、漢方、鍼灸《しんきゆう》、アーユルヴェーダ、ホメオパシーについて記述されていた。

一巻目の方を取り出し、ぱらぱら捲《めく》っていると、玄関のチャイムが鳴った。さつきが来たようだ。

「上がって」と返事をする前から、廊下を歩く足音が耳に届いていた。

居間の入り口に姿を見せた孫娘は、上は赤いブラウス、下はジーンズという格好だった。片頬《かたほお》でガムを嚙《か》み、手には擦《す》り切れたポーチを持っている。

「いらっしゃい。さあどうぞ、入って」

ちは、とだけ応じ、ガムは嚙んだままソファにどさりと座り込むと、さつきは、手にしていたポーチからスマートフォンを取り出した。

「じゃあ、今日は留守番をお願いね」

ポーチの口から煙草《たばこ》とライターが覗《のぞ》いているのを気にしながら、胸の前で手を合わせてみせた。

「ときどきお祖父《じい》ちゃんの顔も見てやって。東側の部屋で寝ているから、起こさないようにそっと入ってさ」

スマートフォンの画面を見ながら頷《うなず》いたさつきに、お祖父ちゃんは最近よく吐《は》くのだ、と説明してやった。

「もしお祖父ちゃんの目が覚めて気分が悪そうだったら、車椅子《いす》に乗せて洗面所へ連れていって」

「分かった」

病院と消防署、それに自分の携帯番号を書いたメモを渡しながらスマートフォンの画面を覗いてみると、そこにはルーレットのようなものが映っている。

「何してるの」

「ゲーム」

「それは分かるわよ。どんなゲームなのってこと」

うるさいなと言わんばかりに、さつきは無言で背中をこちらに向けた。スマートフォンは旧式の携帯電話と比べて、どれぐらい通話料が高いのだろう。半日の留守番という仕事に、わたしが準備したアルバイト代は五千円だった。二十一世紀が始まってから二十年も経《た》ったいま、高校二年生にとっては安すぎるのではと不安になる。

「じゃあ、行ってくるから」

水彩画の一式を詰めたリュックを背負い、玄関に向かう。

靴棚の花瓶《かびん》に挿《さ》した五輪のマリーゴールドは、「逆境を乗り越えて生きる」という意味の花言葉とは裏腹に、五つとも揃《そろ》って枯《か》れかかっていた。

市役所へ向かう足取りは、もちろん軽くはなかった。

いくら絵を描くのが好きとはいえ、重病の夫を放っておいて写生教室になど行っていいものか。新造本人の勧《すす》めがなければ、すぐにでも引き返しているところだ。

指定された集合時刻までまだ十分以上の余裕があったが、市役所前にはもうマイクロバスが来ていた。教室の世話人が、参加者名簿を手にして乗降口の前に立っている。

「箱村和江《はこむらかずえ》です」

世話人に告げ、バスに乗り込んだ。二十ほどある座席はほぼ埋《う》まっている。こちらに続いてすぐに世話人も車内に入ってきたところを見ると、わたし以外の全員がすでに乗車しているようだった。教室の参加資格は「年齢が六十五歳以上であること」だ。高齢者はみな気が早い。

T山の中腹までわずか二十分ほどの行程をバスで揺られている間、携帯の画面を何度も確認しなければならなかった。新造の病状が頭から離れない。留守番がさつきのような娘一人では、やはり心許《こころもと》なかった。

スケッチ場所である高台に到着し、イーゼルを立てスケッチブックをセットして、また携帯を見た。電波状況を示すアンテナのマークは一本しか立っていない。

ずいぶん長く絵筆を握っていなかった。パレットを開くと、当然のことながら水彩絵の具がカラカラに乾いていた。念のためグリセリンを二滴ばかり、固まった絵の具にハケで塗ってやる。

——新造が危なくてね。

いきなりそんな声が聞こえてきたので驚いた。

横を見ると、白髪の男が自分の左胸に手を当てながら、友人らしい禿頭《とくとう》の男に向かって笑いかけている。

「こういう空気の薄い場所だと、特に応《こた》えるんですよ」

新造ではなく心臓の話だと分かって、わたしは絵に意識を戻した。指でスケッチブックの紙面をなぞり、何をどれぐらいの大きさで描くかをイメージしていく。

「あそこにトリカブトが生《は》えているでしょう」

隣の男たちの話がまた耳に入ってきた。いまのは禿頭の声だ。

「あれを持って帰ったらどうです」

「待ってくださいよ。ありゃ猛毒でしょう」

「そりゃそうですがね、根を食塩水に浸《つ》けておくんですよ。すると毒性が弱くなる。それに、漢方では強心剤として使うこともあるそうです。『毒薬変じて薬となる』ってやつですよ」

「本当ですか。でも、素人《しろうと》がそんな危ない真似《まね》をするもんじゃありませんやね」

白髪の男は別の場所に生えていた植物を手にした。季節が過ぎたせいでもう可憐《かれん》な花はついていないが、葉の形からしてアマドコロのようだ。

「代わりにこれを女房に持っていきますよ」

このあたりの山野草は自由に持ち帰ってもいいらしい。

「こうやって機嫌を取っておけば、ちょっとは親切にしてもらえるでしょうから」

「それこそ煎《せん》じてお飲みなさい。アマドコロは強精剤になりますから」

下卑《げび》た笑い声をあげる男たちから、今度こそ完全に意識を切り離し、周囲の草花を見渡してみた。よく注意してみると、薬効のある植物が他にも生えているようだ。

そうこうしているうちにだいぶ時間が経ってしまっていた。早く絵に取り掛からなければ。

はるか向こう側に見える山と市街地の境目の線を描き入れながら、構図を考えた。手前に森を入れ、遠近感を強調するのがよさそうだ。

樹木を描く場合は、その種類によって鉛筆のタッチを変えると本物らしさが増す。ある程度まで描き進めたらスケッチブックを顔の前に掲《かか》げ、実際の風景と見比べつつ線の傾《かたむ》き具合を確認する。

影になった部分には青紫色を使うと立体感が出る。日陰で使った色を日向《ひなた》にも少しだけ置いておくと、境目の部分が自然な色合いになる……。

これまで自分が身につけた技を一つ一つ思い出しながら、絵の具の匂《にお》いを嗅《か》いでいるうちに、ようやく勘が戻ってきたように思えた。

写生教室から自宅へ戻ったのは、予定どおり午後三時半だった。

居間に上がると、さつきはソファに寝そべり、いまだにスマートフォンをいじっていた。こう見えても学校では化学部に所属し、成績も悪くないというのだから分からないものだ。

幸い、新造の様子に異状はなかった。

「ご苦労さん」

五千円札の入った封筒をさつきに渡そうとしたが、いつの間にか通話を始めていてこちらを見向きもしない。しかたがないので、テーブルの上に封筒を置き、わたしはまた家の外に出た。

向かった先は縁側の前に広がる庭だった。あらかじめ雑草を取り払い、施肥《せひ》をしておいた場所にしゃがみ込む。そしてビニール袋の中から、いまT山から採《と》ってきた植物を取り出し、移植ベラを使って丁寧《ていねい》に植えた。

その作業を終えて立ち上がると、縁側にさつきが立っていた。スマートフォンをいじることはもう止《や》めて、こちらにじっと目を向けている。

「もう帰っていいよ。留守番代はテーブルの上に置いてあるから」

だが、さつきはその場を動かず、

「余ってるの、ある？」

そんな質問をぶつけてきた。

「……何の話？」

「布団だよ。わたしが使う分」

2

昼近くになり、しばらくサボっていた本棚の整理にとりかかった。代替医療について書かれた五巻もののセットが放り出されたままになっていた。

三巻目は、バイオフィードバック、精神療法、心理療法、催眠療法について書かれたものだ。

四巻目は、食事療法、芸術療法、音楽療法についての本だった。

特に四巻目は何度も読み返したせいで、本が背割れを起こしてしまっている。

五巻目を開いてみる前に、このセット本の隣に面白いものを見つけた。折りたたみ式の古い双六《すごろく》盤だ。サイコロが二つ付属している。東海道《とうかいどう》五《ご》十三次《じゅうさんつぎ》を渦巻《うずま》き形に描いた「道中《どうちゅう》双六」というものだ。昔、さつきと一緒によく遊んだ記憶がある。

その双六盤を開こうとしたとき、家庭用ナースコールが鳴った。

「いま行くね」

送話器に向かって短く告げ、廊下を東に向かって走った。

突き当たりの部屋に入ると、介護用ベッドの上で新造が目で吐き気を訴えていた。癌が出来た部位は喉《のど》だ。声帯は切除してあるので話せない。普段の会話には文字盤を使っているが、約四十年も夫婦をやっているのだから、そんなものがなくても意思の疎通《そつう》はできた。

車椅子に乗せて洗面所へ連れていった。

それから十五分間ほど、新造は、洗面カウンターのシンクに向かって顔を伏せ続けた。

どうして最近、これほど嘔吐《おうと》が続くのか。部屋の温度が高くなり過ぎることが原因かもしれない。もっと涼しい場所にベッドを移してみようか。

とりあえず、北側の日当たりの弱い部屋に布団を敷《し》いた。そこに夫を寝かせたあと、わたしは絵画道具を持って縁側に向かった。庭に植えた草花のスケッチでもしてみよう。そんな気になったのは、写生教室に参加したことから絵心にまた小さな火がついてしまったせいだ。

縁側には、一昨日からこの家に泊まり込んでいる孫が座っていた。退屈そうに煙草を吸っている。

そのニコチン棒をすぐに捨てなさい、とは言えなかった。わたしとて聖人君子というわけではない。新造もだ。何しろ昔、二人揃って警察に逮捕された経歴の持ち主なのだから……。

わたしが近寄っていくと、彼女は小さく鼻を動かした。嘔吐物の臭いが衣服に移っていたらしい。こっちの嗅覚《きゅうかく》はとうに麻痺《まひ》していて、それを感知できなくなっている。

「お祖母《ばあ》ちゃんとお祖父ちゃんは、どうしてここに家を買ったの？」

隣に座ったわたしを見ずに、さつきはそう訊《き》いてきた。

「それは便利だからよ」

道路を一本隔《へだ》てた東側の区画は、都市計画法でいう近隣商業地域に当たっていた。そこには四十年前から、『時世堂《じせいどう》百貨店』という七階建ての大きなデパートが建っている。おかげで買い物に不自由することは一切なかった。

だから「便利」という答えに嘘《うそ》はない。だが、本当の理由は少し違っていた。

――思い出の場所だからよ。

それが本音だ。

堀手《ほりで》市栄町《さかえ》三丁目八番地。三年前に住宅地として開発が行なわれる前まで、この場所には一つの大きな平屋の建築物があった。時世堂百貨店が物置として使っていた建物だ。もともとは製鞄《せいほう》会社の事務室兼工場だったらしく、時世堂の所有物となってからも、工場部分は稼動し続けていた。製鞄工場になる前は、中古タイヤを保管する倉庫として使われていた建物だった。その前は、ドラッグストアだったと記憶している。さらにその前は……。

ずっと時間を遡《さかのぼ》っていけば、ある施設に辿《たど》り着く。それは、わたしと新造が出会った場所だった。だから二人でこの場所を選んだのだ。

わたしはスマートフォンをいじる仕草をしてみせた。

「これはもうやめたの?」

「充電器を忘れてきた。お祖母ちゃん、まさか持ってないよね」

肩をすくめ、残念でしたの意を伝えてやったあと、付け加えておいた。「パソコンも持っていませんからね」

さつきは煙草を銜《くわ》えたまま縁側に寝転がった。彼女の視線は時世堂百貨店の外壁に設置された大きな時計に向けられている。その時計はいまちょうど正午を指したところだった。

「そんなに退屈なら、もう帰ればいいでしょうに」

返事はない。ただ唇を尖《とが》らせ、煙を細く長く吐き出している。

「だったら絵でも描いてみる？」

スケッチブックを開き、先日の写生教室で描いた絵をさつきに見せてやった。八月の山野草を写し取ったにしては、色使いの暗い作品だった。絵とは、そのときどきの心境を映す鏡である。そんなことがよく分かる仕上がりだ。

「ねえ、さっちゃんもやってみたら」

「お断り。ゴッホっていう人は、絵の具に入っている松ヤニのせいで中毒になっていたらしいよ。そんなふうになりたくないもん」

無気力そうに見えても、しょっちゅうスマートフォンをいじっているせいか、雑多な知識だけは持ち合わせているようだ。

「油絵じゃなく、水彩の方をやればいいでしょう」

「やだよ。どっちにしても面倒くさい。絵なんてどこが面白いの？　風景を飾っておきたきゃ写真で十分。違う？」

その質問には答えず、溜《た》め息《いき》を一つだけ深くついてみせ、鉛筆でスケッチし始めた。すると、さつきがようやくまた上半身を起こした。

「見れば分かるでしょ」

「庭を描いてんの？」

　こちらのそっけない態度を気にするふうでもなく、さつきは目の前の一点を指差した。

「あの花さ、一昨日、お祖母ちゃんが山から採ってきたやつ。何ていうの？」

「あれはね、モンクス・フード」

「初めて聞いた」

「モンクスというのは『修道士の』という意味だよ。分かるよね、西洋のお坊さんが被《かぶ》っているフード。あれに花の形が似ているでしょ」

「なるほど。――ね、わたしが庭に水をやってあげようか」

「ありがたいけれど、ここは人にはいじらせないことにしているの。手塩にかけて育ててきた庭だから。たとえさっちゃんでもね」

「どうしても駄目？」

「ごめんね」

　わたしは身を屈《かが》め、庭先の土を指先で一つまみし、パレットの上に落とした。

「さっき訊いたよね、絵のどこが面白いかって」

「うん」

「その答えは、一つには、絵の具をいろいろ工夫できるところだよ。いろんなものを混ぜてみると斬新《ざんしん》な表現ができるからね」

本物の土を、パレットの上で、茶色や黄土色の絵の具と混ぜた。こうして作った絵の具で土を描いた部分を塗り始める。

「昔ある画家が、どこかの国の王妃の肖像画を描くことになった。彼は常々、既製の油絵の具を物足りないと思っていた。そこで絵の具の代わりに自分の血を使うことを思いたった。使用した血液量は一・五リットル。結果、出来上がった絵は異様な迫力を帯《お》びるようになった。あまりに暗くて怖い絵になりすぎたので、今度は明るさを加えるために牛乳を絵の具に混ぜてみた。するとちょうどいい色合いの絵になった。——そんな工夫もできるの」

いまの例は逆効果だったようだ。さつきはあからさまに嫌な顔をしながら、煙草の煙を唇の端から吹き上げた。

土を混ぜた絵の具で土の部分を塗ると、期待した以上に面白い表現ができた。

「いまの話が気に入らなかったら、こういう手法もあるよ」

わたしはさつきの手から煙草を奪い取り、自分の口に銜えた。噎《む》せないように注意しながら頬いっぱいに吸い、絵に向かって紫煙を吹きかけた。

「煙草の煙を混ぜるの。こうすることでも色は微妙に変化するんだよ。——どう？　今度は興味が持てたでしょ」

さつきはかすかに頷いたようだった。

「よし。じゃあ水彩画の基本をちょっとだけ教えてあげるね。――まず、黒い絵の具は使わないの。自然の中で『黒い』ものは、実は『黒い』じゃなくて『暗い』だから。つまり陰ね。それは濃い色をしたほかの絵の具でいくらでも表現できる」

わたしは煙草の先端を地面に押し付けてから、さつきに返した。

「それから白い絵の具も使わない」

「まさか。白だったらいっぱい使うでしょ」

「いいえ。水彩画では白も必要なし」

「じゃ、雲はどうやって描くの」

「何も塗らないだけ。つまり画用紙の白さそのものを使うのよ。その方がずっと映《は》える」

さつきは下を向いた。そうしてしばらく考える素振《そぶ》りを見せたあと、やおら立ち上がった。

「どこへ行くの」

「いいから一緒に来て」

向かった先は、東側に設《もう》けられた新造の部屋だった。夫は今日も北側の部屋に寝かせてあるので、ここは空室だ。

さつきは介護用ベッドに大股《おおまた》で近づいた。そしてシーツを剝《は》ぎ取り、丸めるようにして廊下へ放り投げた。

その行為にわたしが啞然《あぜん》としていると、今度はティッシュペーパーの箱、無地のカレンダー、茶簞笥《ちゃだんす》の中の湯呑《ゆの》み、棚の上にあった白磁《はくじ》の飾り皿といったものも、同じように部屋の外へ出してしまった。

「この片付けは、当然さっちゃんがやってくれるんでしょうね」

わたしは両手を腰に当て、さつきを睨《にら》みつけた。

「水彩画と同じだよ」

さつきのよこした返事が、どういう意味なのかよく分からなかった。

「この部屋にも白は使わない方がいいと思う。お祖父ちゃんの吐き気を止めたければね」

3

今日もさつきは縁側に座っていた。もう煙草は吸っていない。代わりに目の前に何か広げている。近づいて見ると、それは双六盤だった。先日、わたしが本棚を片付けているときに見つけたものだ。

つい懐《なつ》かしくなり、今日もさつきの隣に腰を落ち着けることになった。

二つのサイコロを持ち、合わせた手の中で振りながら、

「ちょっと遊んでみようか」

わたしの方からそう切り出した。

ある程度までゲームが進んだとき、さつきは顔を双六盤に向けたまま、人差し指だけを庭の方へ向けて言った。「この前、お祖母ちゃんが山から採ってきたあの花、名前を何ていうんだっけ」

「モンクス・フード」

「あれも白だね」

「……そうね」

「だったら、引っこ抜いて捨てちゃったらどう？」

——水彩画と同じだよ。この部屋にも白は使わない方がいいと思うよ。

さつきがそう口にしたのは三日前だった。

なるほど彼女が言うとおり、あれから徐々に新造の様子は落ち着いてきていた。

昨日、医学に関する本の中にこんな記述を見つけた。

【化学療法を受けている患者の一部には、誤《あやま》った条件づけによる悪影響が出ている。（中略）強力な抗がん剤の副作用に激しい悪心《おしん》・嘔吐があることはよく知られているが、抗がん剤を用いている患者にはＡＮＶ（予期悪心嘔吐）と呼ばれる条件反射に悩まされている

人が少なくない。がん病棟で働いているある看護婦は、「病院の建物を見ただけで悪心をおぼえる人や、極端な場合は、車を運転して病院のある町に入ったとたんにむかついてくる人がいる」と証言している。静脈注射をするために皮膚を消毒するアルコールのにおいが引き金になる人もいる。治療にかかわるものならなんでも引き金になりうるのだ。スーパーマーケットで買物をしていた腫瘍《しゅよう》医が、商品棚の角を曲がったところで自分の患者に出くわした。患者が示した最初の反応は盛大に吐いたことだった】

白という色は病院を連想させる。だからこの色を目にすれば、そこで受けている化学療法の苦しさも思い出されて吐き気も起きる、というわけだ。

あれからさつきと二人がかりで、家の中にある白いものを隠した。捨てるか布で覆《おお》うかして、極力新造の目に触れないようにした。

結果、新造の吐き気はたしかにだいぶおさまった。

三日間で、嘔吐したのは一度だけ。この庭を見ているときのみだった。

となれば、たしかにあのモンクス・フードの色が予期悪心嘔吐とやらを引き起こした原因に違いない。だが——。

「あの花はね、とても気に入っているの。特に花の形がね」

「でも、それじゃあお祖父ちゃんが庭を眺められないじゃない」

「そうだけど……。やっぱり駄目。お祖父ちゃんには我慢してもらうしかないな」

今度はさつきが睨んできた。わたしは話題を早く変えようと焦《あせ》った。

「さっちゃんは、心の状態が動きに出るタイプだよね」

「そんなことないよ」

「じゃあサイコロを振ってみて」

さつきが振ったあと、わたしは指摘してやった。

「いま力をこめて遠くへ振ったでしょ」

「……うん」

「それは大きな数がほしいと思ったからだよ。反対に、小さな数がほしいと思ったときは、力をこめないでポロリと手元に落とすようにしている。さっきからね」

さつきの頰が少し赤みを帯びた。

昔、児童養護施設で働いていたことがある。施設には無口な児童が多かった。そういう子たちと何とかしてコミュニケーションを取ろうとしているうちに、ふとした仕草から心の裡《うち》を読み取ることが、少しだけ得意になった。

「お祖母ちゃんさあ、学校の先生が言っていたよ」

「何て」

「人を怒らせるのにもっとも効果的な方法は、相手の心理を分析してみせることだ、って」

「悪かったわね。さっちゃんの得意なことは何なの」

「賭け事」

それが彼女の答えだった。そういえば、この家にやってきた日もルーレットのゲームで遊んでいた。

あんた女の子でしょ。そんな野暮《やぼ》な小言《こごと》が頭に浮かんだ。それを口に出そうかどうか迷いながら、結局「へえ」とだけ応じ、わたしは二つのサイコロを双六盤の上に振り出した。だがその目をさつきには見せず、虫を捕まえるように両手でサイコロを隠したままにした。

「丁《ちょう》か半《はん》か。当ててごらん」

「そんな古い言葉、よく知らないよ。丁ってどっち。偶数？　奇数？」

「偶数」

「じゃあ半」

わたしは手をどけた。一つ目のサイコロは三。もう一つは四だった。

「シソウの半。なるほど博才《ばくさい》はありそうね」

さつきがサイコロを振る番になると、彼女は、いまこっちがしたのと同じように、振り終えたあとすかさず手で覆い隠した。

「今度はお祖母ちゃんが当ててみ」

「じゃあ、同じく半」

さつきが手をどけて言った。「当たり。二五の半」

「二と五の場合は『グニの半』というの」

そう教えてやると、さつきは再び庭のモンクス・フードの方に目をやった。

「動物園で飼育されているフラミンゴがいるでしょ。実物を見たことある？」

「たぶん、一回ぐらいは」

「きれいだよね、あの赤い色」

「まあ、そうね」

「どうしてあんなに鮮《あざ》やかな赤い色なのか、知ってる？」

わたしは首を横に振った。

「赤い色素の入った餌《えさ》が与えられているからだよ」

さつきが何を言おうとしているのか理解できず、曖昧《あいまい》に頷くしかなかった。

「その真似をしたらどうかな」

ようやく見当がついた。花びらの色を変えよう、と言っているのだ。

「お祖母ちゃんが気に入っているのは形なんだよね。だったら、形さえ変わらなければ、色は別でもいいんじゃない」

「……まあね」

「お祖母ちゃんの水彩絵の具を少しちょうだい。それを水に溶《と》かしてやってみる。他人に庭をいじらせないなら、わたしが色水を作るから、それをお祖母ちゃんが根っこにかけてよ。それならいいでしょ？」

たしかに花に色水を吸わせれば、花びらの色が変わるという現象が起きることもある。だがそれは、切断した茎《くき》から吸わせた場合だ。根から、というケースは聞いたことがない。

「たぶん無理だよ」

「できるって」

「期間は？　どれぐらいかけてやるつもりなの」

「あと一週間のうちに」

一週間後といえば八月三十一日。ちょうど夏休みが終わる日だ。

「丁か半か。できるかできないか。賭けをしようよ」

「賭けって、何を賭けるのよ。まさかお金じゃないでしょうね」

「もし色が変わらなかったら、わたしがお祖母ちゃんから絵の描き方を習う、ってのはどう？　九月の間、学校が終わったら放課後にこの家に立ち寄る。そして暗くなるまで絵を習うことにする」

「……分かった。ただし条件があるよ。道具は自分で準備してくること」

「何が要《い》るの」

「透明水彩絵の具、スケッチブック、パレット、鉛筆、練《ね》り消しゴム、水入れ、筆は丸と平をそれぞれ大小取り交ぜて五本ずつ」

さつきの目つきがきつくなった。脳内にメモを取っている証拠だ。

「それからもう一つ。煙草はもう止めること。いくら不良娘といっても孫は孫。長生きしてもらわなきゃ困るから」

4

八月三十一日の夜。今日も本棚の整理をしながら、五巻セットの本をぱらぱらと読み返してみた。五巻目に載っているのは、磁気療法、気功、ヨガ、その他エネルギー療法といったものだった。

その本を閉じたあと、五冊をきっちりと積み重ね、紐《ひも》で軽く縛ってからゴミ箱に放り込んだ。

そして台所に立った。

新造の苦しみを見かね、化学療法に代わる代替医療をずっと勉強してきたが、それらを試してみよう、という気はもう起きなかった。

やはりこの薬に頼るしかなさそうだ。

キッチンカウンターの上には、モンクス・フードが一本だけ置いてある。今日の夕方、長逗留《ながとうりゅう》のさつきがようやく帰ったあとに、庭から引き抜き、根の部分をドライヤーで乾かしておいたものだ。その根はいま、何やら特殊な臭気《しゅうき》を放っている。喩《たと》えて言えば、魚の粕《かす》漬《づ》けを焼いたときのような臭いだった。

花びらの色が変わるかどうか。さつきとの賭けは、結局、わたしの勝ちに終わった。さつきが作った絵の具の色水を一週間、わたしがこの植物の根に与えたが、花びらの色は少しも変わらなかった。

他の染料ならいざ知らず、思ったとおり絵の具では土台無理な話だったようだ。根から吸収するには、絵の具の場合、色の成分である粒子のサイズが大き過ぎるのだ。

無茶な実験をやったせいで草勢はだいぶ弱まり、ほとんど枯れたようになっていた。水気を失った花びらには細かい皺が走り、老婆の肌を思わせる。茎もしおれて茶色がかっていた。

こんなことなら、賭けになど乗るんじゃなかった……。

ぼやきながら庖丁《ほうちょう》を手にし、モンクス・フードの根だけを切り落とした。

これを煎じて飲めばいい。効くから苦い。だから最初は少し苦しむことになるだろう。だが、その後、夫は痛みから解放されるはずだ。永遠に——。

新造の湯呑みの隣に自分のそれも並べてから、わたしは根を擂《す》り潰《つぶ》しにかかった。

それにしても、どうしてこのモンクス・フードは急激に枯れ始めたのだろう。強い日差しにやられないよう庭木の陰になる場所に植え、水もたっぷり与えていたのに……。

わたしはすりこぎを持った手を止め、キッチンカウンターの隅《すみ》を見やった。そこに置いてある小さなガラス瓶《びん》は水彩画用の水入れで、中にはまだ濃い紫色の液体が入ったままになっている。さつきが花びらを染めるために作った色水だ。さっさと流しに捨てるつもりだったが、新造の世話をしているうちにうっかり忘れてしまっていた。

ふと思い当たるところがあり、わたしは人差し指を色水につけてみた。そして、濡《ぬ》れた指先を、ゆっくりと口元へ持っていった。

5

九月一日の夕空は、天頂部分にまだ昼間の明るさを残していた。

「まず、こうしてみて」

わたしは縁側に座り、指で四角い窓を作った。さつきが従う。

「こうやって風景を切り取る。親指の真ん中あたりに何が位置するか、人差し指の第一関節、第二関節には、それぞれ何が見えるか。そんなことも、このときしっかり覚えておくことが大事」

片目をつぶって窓を覗き込むさつきの傍《かたわ》らで、ポーチの中に入ったスマートフォンが着信音を鳴らした。彼女が時世堂百貨店で充電器を手に入れてきたのは昨日だった。友達から遊びの誘いでも来たようだ。

それにもかまわず、さつきは庭に向かって指窓を作り続ける。絵を習っている最中は、画材以外のものに触ることを一切禁止してあった。

「じゃあ次は鉛筆で薄く線を描いてみよう」

さつきの線は細かった。遠景はそれでいいが、近景はもっと力を入れて描くべきだろう。

「向こうにあるものは鉛筆を細かく動かして、手前にあるものは大きく動かして描く。それが遠近感を出すコツ」

さつきの背後に回り込み、鉛筆を握る彼女の手を取って指導してやった。熱を入れ過ぎかと自分でも思うのだが、体が勝手に動いてしまう。さつきのスジが案外よかったことも影響しているかもしれない。

「今度は色を塗ってみようか。パレット上で濁《にご》って見える色も、画用紙に置いてみると映えて見えるから覚えておくこと。色が滲《にじ》んで失敗したなと思っても気にしない。偶然の効果を生かすのが水彩画だからね」

こちらの教えに従って、さつきは画用紙の中央に、薄紫色を十号の平筆でどんと置いた。

その絵の具を塗り広げようとするさつきの手を、わたしは止めた。

「じゃあ、画用紙を二つ折りにして」

「どうして」

「いいから。二つに折って、両面がぴったり合わさるように手で押したら、それをまた広げてごらん」

さつきが言われたとおりにした。画用紙には、左右がだいたい対称になった得体の知れない模様が出来ていた。

「その模様は何に見える？」

「絵の具の染み」

「ふざけないの」

「……人が走っているところ、かな」

「人間の動きに見える人は、ひとことで言って敏感な人だよ」

「これって心理学の本に載っている、なんとかテストのつもり？」

「ロールシャッハね。そうよ」

「信じていいの、お祖母ちゃんの言うこと？」

頷いてから説明を続ける。「特に、他人によく興味を持っている人」

わたしが夫を道連れに心中しようとしていたことを見抜くほどに――。

「そして幅広い知識を持っている」

モンクス・フードが日本ではトリカブトと呼ばれることも知っていた。その毒が塩分で弱められることも――。

「なおかつ、人を出し抜いて狡猾《こうかつ》に立ち回ることもできる。そんな油断のならない人ね」

そう、まったく油断がならない。着色との口実で、絵の具に食塩を混ぜておいたぐらいなのだから――。

「前に言わなかった？」さつきは平筆を水入れに突っ込んだ。「頼まれてもいないのに性格分析をすると嫌われるって」

初めて来た日、白い花を見た瞬間に泊まると言い出し、夏休み最後の日まで居続けた。負けると分かっている賭けを持ちかけ、九月に入っても、昔のようにこうして会いに来るようにもした。

そんなふうに〝万が一の場合〟に備《そな》えてくれる孫娘に対し、自分がしてやれることは何だろう……。

「そして最後に、根気よく努力を続けられる人」

やはり、いまのところできることは、勉強以外に何か一つ特技を身に付けさせてやることぐらいだった。

「ほら、さっさと新しい画用紙を準備して」

もう喋《しゃべ》るつもりはないらしく、さつきはそっぽを向いた。だが鉛筆は手放さず、そのうち、シロバナトリカブトの代わりにわたしが昨日植えたばかりのマリーゴールドを、黙々とスケッチし始めた。

第二章　暗い融合

1

水脈《みお》の泡波うろこ雲
遥《はる》ばるつづく陽の入りは
いつも夕焼月あかり……。

西の空を見上げながら詩の一節を呟《つぶや》いていると、いい加減に目が痛くなってきた。野々村康史《ののむらやすふみ》は目蓋《まぶた》を閉じた。首筋を揉《も》みながら記憶を探《さぐ》る。「月あかり」の次は何だったか……。

どうしても思い出せない。

「そろそろこちらへお戻りください」

背後で御子柴肇《みこしばはじめ》の声がした。その言葉に従い、野々村はベランダから中に戻った。

『御子柴メンタルクリニック』の室内にはコーヒーの香りが待っていた。

「どうぞ」

御子柴はテーブル上のカップを指差し、カウンセリング用の椅子《いす》に座った。

「どうですか、野々村さん。少しは気分が晴れましたか」

——疲れが溜《た》まっているせいか、今日はどうも元気がありません。

ここへ来たときに、まずそのように相談した。

——ではベランダに出てみましょうか。

それが御子柴の返事だった。空を見るだけでストレスはだいぶ取れるものですよ、という説明があとに続いた。

「正直申しますと、あまり晴れたとは言えません」

もうすぐ夕方になる。弱く赤味の差し始めた陽光を受けたうろこ雲は、悪化した痘痕《あばた》のようにも見えた。一幅《いっぷく》の絵画といった見事な光景のはずだが、いまの自分には禍々《まがまが》しく感じられてならなかった。

「なぜでしょうね」

御子柴はテーブルに肘《ひじ》をつき、組んだ指に形のいい顎《あご》を載せた。

もう五十に手が届こうという年齢のはずだが、彼の背筋はピンと伸びている。そのせいで、この精神科医が纏《まと》っている空気は常に凛《りん》としていた。何でも、学生時代から欠かさず合気道の稽古《けいこ》を続けているという。この風格を前にすれば、その言葉が嘘《うそ》ではないとよく分かる。

「その理由に、ご自分で見当がつきますか」

「ええ」

「差し支《つか》えなければ、話していただけますか」

「雲の形が、わたしの苦手な食べ物を連想させたんです」

「なるほど、鰯《いわし》ですか」

「はい。母の好物でしたので、よく食べさせられたものです。その母も、先日亡くなりましたが」

「そうでしたね」

「ご存じでしたか」

「ええ。お母さんは占いがご趣味だったとか。妹さんからいろいろ聞いていますよ」

そう言って御子柴は、絨毯《じゅうたん》の敷《し》かれた床を指差した。

階下にある内科医院に勤務する妹の日菜子《ひなこ》は、御子柴の教え子でもある。国立医大に通っている時分、日菜子は御子柴の担当する精神衛生学の授業を取っていたそうだ。いわゆる「医療ビル」であるAビル内には、御子柴から教えを受けた医者がいま五人ほどいるようだが、そのうち女性は日菜子だけらしい。

「目下のところ遺品整理の最中でして、妹と形見分けの品物を取り合いしていますよ」

「お母さんが遺言で指定しなかったものは、ジャンケンで決めている、とも伺《うかが》いました」

そんなことまで日菜子は話していたか。

野々村は苦笑いをしてみせながらコーヒーを口に運んだ。銘柄《めいがら》が替わったようだ。苦味と香りが前より強くなっている。

「元気がないというのは、もしかして、お仕事が原因かもしれませんね」

「まあ、きついといえばきつい仕事ですが、それほどストレスを感じることもないですね」

百貨店の顧客サービス課。クレーム処理が仕事だから、普通に考えればこれほどストレスが溜まる職場もないはずだが、どういうわけか自分にとっては苦にならない。

「では、上司に虐《いじ》められる、といったことはありませんか」

「それもありません。パワハラがあった場合、容赦《ようしゃ》なく降格処分がくだされる職場ですからね。もっとも、そんな規律がなくても、最初からわたしのボスは、何でも話せる理想の上司ですけど」

二人で笑い合った。女性の上司とはうまくやれないという同僚が多いが、自分の場合は例外だ。御子柴の妻で課長の、貴枝《たかえ》とはいいチームワークが組めている。

中学校の体育教師を辞《や》め、製鞄《せいほう》会社の社員になったのが二十七のとき。その『アケボノ製鞄』から『時世堂《じせいどう》百貨店』に移籍したときには、もう三十五歳になっていた。慣れないデパート業務に戸惑《とまど》う自分を、貴枝は親切に指導してくれた。

「元気がないのは、睡眠の取り方がまずいからだと思います」

このところずっと、家でほとんど眠れていなかった。その代わり、勤務時間中に睡魔に襲われることが多い。仕事で顧客の家へ出向くことがあるのだが、行き帰りの電車で居眠りをしてしまうことも珍しくない。

「野々村さんが具体的な悩みを口にされることはほとんどありませんが、もしフラストレーションを抱《かか》えているのでしたら、遠慮なくすべて打ち明けてくださいね。それはカウンセリングを行なう我々精神科医を守ることにもなりますから」

「……と言いますと？」

御子柴はコーヒーカップを軽く持ち上げてみせた。

「味の違いに気づきましたか」

「はい」

以前、ここで出されるコーヒーは甘みが強かった。おそらくケニア産だった。だが今日出されたものは、たぶん中米産の豆だと思う。

「お察しと思いますが、グアテマラです。いつの間にか、これが好きになっていました」

御子柴が言うには、受け持っている患者の中に異常なまでに苦いものを好む男がいるという。知らないうちに、その嗜好《しこう》が移ってしまったらしい。

「こんなふうに、精神科医やカウンセラーは患者の影響を非常に受けやすいのです。他にも例えば、近所の住民を憎みながら、その感情を抑えつけているクライアントがいるとします。この場合、我々治療者がその患者と会い続けていると、医者の側もまた自分の近所に住んでいる人たちを無意識のうちに憎悪してしまう、ということが起こったりもするのです」

「面白いですね。でも本当ですか」

「ええ。ある種、患者と『融合《ゆうごう》』するんですね。少しも珍しくありません」

なるほど言われてみると、患者の自殺後、自らも命を絶とうとしたり、医者の仕事を辞めたりした精神科医の例はよく聞く。「転移」や「逆転移」といった用語もあるとおり、この分野の治療者に患者の内面が入り込みやすいということは間違いなさそうだ。

「では、先生のクライアントに『金持ちが嫌い』という人がいるとしますよ。さらに、それとは別に『暇な人が嫌い』という人がいるとします」

野々村は指先で空中に円を二つ描いた。金持ち嫌いと暇人嫌い。それぞれの集合体を表現したつもりだ。二つの円は、一部が重なるようなイメージで描いた。その重なり部分を指で指し示しながら続けた。

「すると先生は、金持ちで暇な人を恨《うら》むようになったりしますか」

「それは充分に起こりうると思います」

「でしたら」野々村は三つ目の円を描いた。「もう一人クライアントがいて、その人が美形の男を嫌っていたらどうですか」

「金持ちで時間のある美男子を嫌うようになるでしょうね。人間のエネルギーは限られているので、それほど多くの人に憎悪の念を抱《いだ》けるものではありません。ですから、いろんな条件で対象が少数に絞《しぼ》り込まれるほど融合も起きやすくなる、と考えるのが妥当でしょう」

2

クリニックを出たときには、もう午後四時半を回っていた。

エレベーターのボタンを押したが、タイミングが悪く、箱はちょうど上の階へ行ってしまったところだった。のんびり待っていられる気分でもない。階段を使うことにした。

携帯電話を取り出し、部下からのメールをチェックしながら踊り場まで降りたとき、白衣を着た女性とすれ違った。足を止めて振り返る。相手も同じ動作をした。

やっぱり日菜子だった。

「どこへ行く」

「御子柴先生のところ。これを届けに」

日菜子は、このビル内で使われている回覧板らしきものを掲《かか》げてみせた。閲覧《えつらん》済の判子を押す欄《らん》には、ビルに入居している内科や皮膚科、歯科などの名前が並んでいる。

「おれもいままでそこにいた」

「そうか、今日は第二木曜だもんね」

職場である時世堂百貨店は、三十年以上の歴史を持つ老舗《しにせ》デパートだが、社員の中には激務のために心身の調子を崩《くず》す者が多かった。そのため会社が、精神科医によるカウンセリングを主任以上の社員に義務付けたのだ。二週間に一度、第二と第四の木曜日の勤務時間中に九十分程度の休みが設《もう》けられている。その時間を利用して、自分が通いやすい医者の許《もと》で診察を受けることになっていた。

「今日は面白い話を聞いてきたよ。近いうちに御子柴先生は、金持ちで暇もある美男子が嫌いになるはずだ」

「どうして」

「おれがそういうやつを好かないからだよ」

融合の話をかいつまんで教えてやった。

「なるほど。お金、時間、美貌《びぼう》。たしかに三つとも兄さんには縁がないわね。うん、嫌う気持ちも分かる」

腕を振り上げ日菜子の頭を叩《たた》いてやるふりをしても、彼女は動じる素振《そぶ》りを見せず「今日はもう仕事も終わり？」と訊《き》いてきた。

「まさか。これからが本番だよ。電車で顧客のところに行かなきゃならない。御子柴先生の奥さんとな。客からクレームが来て土下座だ」

お気の毒さま、といった表情を日菜子は作ってみせた。

たしかに神経の磨《す》り減る仕事だが、以前よりはましになったと言えるだろう。

半年前までは店舗調整課という部署で、テナント配置を担当していた。百貨店には一等地と呼ばれる集客率のいい場所と、そうではない場所の別がある。

一等地をめぐって各テナントが頑《かたく》なに我を張るため、意見の調整にずっと頭を痛めていた。その業務の方がクレーム処理よりずっときつかった。いまでもテナント連中には密《ひそ》かに恨みを抱いている。

「行きたくない部署ランキングで一位でしょう、兄さんの顧客サービス課って」

「反対だよ。この業界ではエリートコースだ」

「まさか」

「嘘じゃない。うちの店には平均して一日何件の苦情が寄せられると思う？」

日菜子は回覧板を小脇に抱え、両手の指を広げてみせた。「これぐらいかな」

「その十倍だ」

《背広のポケットにダニが入っていた》、《酒瓶《さかびん》の蓋《ふた》で手の皮が剝《む》けた》、《ソファのサイズが表示と違っていて部屋に入らなかった》、《食器売り場にいる店員の化粧が濃すぎて不快だ》。いま御子柴のカウンセリングを受けていたわずか三十分の間だけでも、これだけのクレームが部下からメールで報告されてきていた。

「山ほど来る苦情の、どれ一つだって対応を間違うわけにはいかないから、ぼんやりしている奴には務まらないセクションなのさ」

それに、ほとんどの場合、客は感情的になっているから、ちょっとのミスで訴訟問題にも発展しかねない。だからどの百貨店も、この部署には頭の回転が速い人材を集めている。

「そっちはもしかして、今晩、誰かとデートか？」

普段の妹は多忙のため化粧気はゼロなのだが、いまは香水の匂《にお》いをさせている。耳には珍しくピアスも見えた。両手の爪《つめ》は必要以上に光っている。

「最近、メイクが濃いぞ」

接客商売をしていると発言も慎重になるものだが、身内を前にしたときだけは思っていることがすぐ言葉に出てしまう。

どうやら言及してほしくないポイントを突いてしまったようだ、日菜子はわずかに視線を外した。

「あまり男の気を誘うような格好をされると、ストーカーやら痴漢やらに狙《ねら》われないか心配でな」

日菜子は脇に挟《はさ》んでいた回覧板を手摺《てすり》に置いた。

「兄さん、手を出してみて」

「こうか」

右手を出してやると、親指の付け根あたりを日菜子に摑《つか》まれた。かと思うと、いつの間にかその手を高い位置で捻《ひね》り上げられていた。逆手を取られている状態なので、どうにも身動きが取れない。

顔をしかめて降参の意を表すことで、やっと解放してもらった。

「誰に習った」

妹は斜め上に視線をやった。御子柴か。あの凛《りん》とした居住まいが思い起こされた。

「ちょっとは安心した。それに化粧気ゼロじゃあ、患者も寄り付かないだろうからな。

――ところで、母さんの行李《こうり》からまた面白いものが出てきたぞ」

「何なの」

その質問には答えず、日菜子の前に拳《こぶし》を突き出し、軽く振った。彼女も同じ仕草で応じる。

こっちの手はパー。日菜子はチョキだった。

「くそっ、これはおれが欲しかったのに」

悔しがってみせながら、持っていたビジネスバッグから携帯電話を取り出し、撮影してきた写真を見せてやった。

「これだよ。近いうち、そっちの部屋に現物を持っていってやる」

日菜子は口を丸く開け、パンと一つ大きな音で手を叩いた。

「懐《なつ》かしいっ。プランシェットね」

3

「プランシェット……って何だっけ。聞いたことがあるような気もするけれど」

ホームで電車を待ちながら、貴枝は考え込むときの癖《くせ》で、下唇を軽く噛《か》んだ。

「占いに使う板です。こんなやつですよ」

野々村は写真を出してみせた。写っているのは、二つの車輪と一本の鉛筆で支えたハート形の板だった。

「そう、これこれ。狐狗狸《こっくり》さんみたいなやつでしょ、西洋版の」

「ええ。この上に二人か三人ぐらいで手を載せるんです」

「するとこの板が勝手に動いて、下の紙に何か描くわけね」

そのとおりだ。

「占いだったらわたしも得意だよ。野々村主任、あなたがいま占ってほしいことは？」

「……月あかりの続き、ですかね」

「どういう意味かな」

「『遥ばるつづく陽の入りは　いつも夕焼月あかり』という詩があるんですけど、その次に続く言葉が思い出せなくて」

「ああ、北原白秋《きたはらはくしゅう》ね。『雲の歌』だっけ？」

貴枝はこともなげに応じた。大学は文学部を出ているし、長年うるさ型の顧客と渡り合ってきただけあって彼女の教養は幅が広い。

「こんなことを言ったら失礼だけど、あなたは元教師といっても教えていたのは体育でしょう。よく白秋なんて知っているわね」

「学生時代に覚えたんです」

体育大学で長距離走をやっていた頃、当時のコーチから、できるだけ楽に走るテクニックをいくつか教わった。その一つが、ランニング以外の何かに意識を向けるという方法で、コーチに勧《すす》められたのは、走りながら頭の中で歌を歌うことだった。

それに従い、チームメイトの多くは、ポピュラーソングを脳内で口ずさんでいた。だが、音楽にあまり関心のない自分の場合は、旋律つきの歌詞よりも、自由なテンポで唱《とな》えることができる詩の方が性に合っていた。

そう説明してやると貴枝は、

「なるほどね」

あまり関心のなさそうな口調で応じ、人差し指を上に向けてみせた。

彼女の指先が示す方向を目で辿《たど》ってみたところ、烏《からす》かムクドリか定かではないが、日没間近の空を鳥が一羽横切っていくところだった。その途端、思い出した。「雁が飛びますわたります」だ。

鳥が視界から消えると、代わりに電車がホームに入ってきたので、貴枝と一緒に車両に乗り込んだ。

ちょうど帰宅ラッシュの時間だ。これだけ混んでいると携帯電話の操作もできない。文庫本を開くなど論外だ。他人の耳が接近しているためヘッドホンの使用もはばかられる。

体の向きを電車の進行方向に対し斜め四十五度にして立っていれば、吊《つ》り革に摑まらなくてもよろめかない。先日見たテレビ番組では、そんな情報を流していた。さっそく試してみようと思ったが、混み過ぎていてわずかの方向転換すら容易ではない。

持っていたビジネスバッグは両足の間の床に下ろした。そうしてから、赤の他人と身体《からだ》を密着させていなければならない苦痛に顔をしかめつつ、見たくもない中吊り広告にひたすら目を向け続けた。

少し離れたところでは、中学生の一団が大きな声で駄弁《だべ》っている。

野々村は内心で舌打ちをした。

教師時代に一年生を担任したとき、クラスがいわゆる学級崩壊を起こし、辞めざるを得なくなった。以来、〝教え子〟という存在は自分の中では仇《かたき》に等しい。

いつしか眠気に襲われていた。立ち席用握り棒で背中を支えるようにして野々村は目を閉じた。

まどろみの中で、誰かに手首を摑まれているように感じたが、疲れが酷《ひど》く、目を開けることができなかった。

やがて降りる駅が近づいてきたのが車内アナウンスで分かった。

電車の扉が開いてもまだ誰かに手首を摑まれていた。貴枝と一緒にホームに降りてみて初めて、摑んでいた相手が分かった。見知らぬ若い女だった。先ほど、こちらに背を向ける格好ですぐ目の前に立っていた人物だ。

歳は二十代の前半だろう。やや離れ気味の両目が印象的で、口元の造作《ぞうさく》は控《ひか》えめだ。長い黒髪を頭頂部に近い位置でまとめている。体格は小柄で華奢《きゃしゃ》だった。

女は布製の手提《てさ》げバッグを持っていた。そこから覗《のぞ》いた折り畳《たた》み傘の柄《え》には白く長いシールが貼ってあり、それには小さく「片倉亜美《かたくらあみ》」と書いてあるのが見て取れた。

「この人、痴漢です」

まだ眠気が残っていたせいか、女が周囲に向かって出した声は、耳元ではなくだいぶ離れた位置から聞こえてきたように感じられた。

近くにいた駅員から事務室へ行くよう促《うなが》されても、それが自分にかけられた言葉であるという実感は薄かった。

「ちょっと待ってください。何かの間違いです」

長身の貴枝が縋《すが》るように腰を折り、背の低いその駅員に主張している。

ようやく眠気が消えたのは、駅員が慣れた手つきで制帽を被《かぶ》り直したときだった。そんなさりげない仕草で貴枝の言い分を封じ込め、彼は事務室のドアを開けた。

一緒に入室しようとした貴枝に、野々村は手を振った。

顧客との約束を反故《ほご》にはできないから、貴枝にはどうしても先方の家へ向かってもらわなければならない。

「わたし一人で大丈夫です」

「じゃあ、すぐに会社の弁護士を呼ぶから。ちょっと待っててね」

貴枝がこっちの腕を強く握ることでエールを送ってきた。彼女はそれほど動揺してはいないようだ。人はパニック状態になると、落ち着こうとして身体の一部に触れるものだという。貴枝もその例に漏《も》れず、本当に取り乱したときは、両手を頬《ほお》に当て顔の火照《ほて》りを冷やすようなポーズをするが、いまはその仕草を控えている。

一人で大丈夫です——腹に力を込めて放った一言だったが、実のところは強がりにすぎなかったのかもしれない。貴枝の顔がドアの向こう側に隠れたとたん、不安のせいで膝《ひざ》から力が抜け、野々村は小さくたたらを踏んだ。

そこは三畳程度の狭《せま》い部屋だった。小さなテーブルが一卓だけ置いてある。こういった事案があるたびに容疑者を連行するために設けられた専用の部屋。そんな感じだ。煙草《たばこ》の脂《やに》で天井も壁も黄ばんでいた。

すぐ隣にも小部屋があり、被害を訴えた女はそちらの方へ案内されたようだった。

そのうち警察官が何名か臨場し、女のいる部屋に入っていったのが気配で分かった。

パイプ椅子の上で身を硬くしながら、野々村は目を閉じた。壁が薄いため、耳を澄ましていれば、隣で交《か》わされている会話をかろうじて聞き取ることができる。

若い女の名前が、やはり片倉亜美であること。二十四歳で公務員試験の浪人中であること。これから書店でのアルバイトに向かう途中であること。そこまで情報を得たところで、こちらの部屋にも警察官が二名ばかり姿を見せた。

この場で簡単な事情聴取を始める気らしい。二人のうち若い方がメモ帳を構えると、年配の方が腰に両手を当て、隣室の方へ顎《あご》をしゃくった。

「あの女の人は、尻をしつこく触られたって言ってるんだけど、本当かな」

もちろん反論した。まったく身に覚えのない話だった。居眠りをしていたから、もしかしたら手が亜美の臀部《でんぶ》に当たった、ということはあったかもしれない。しかし彼女は意識的に弄《いじ》り回された旨《むね》を主張しているという。

まさかそんな戯言《ざれごと》を信じたりはしませんよね。同意を求めて若い方の警察官に向けた視線は、だが制帽の庇《ひさし》にあえなく撥《は》ね返された。

部屋の壁が、じりっとこちらに向かって距離を詰《つ》めてきたように感じられた。脂の臭いが一段と強く鼻をつく。

「じゃあ行きましょうか」年配の警察官が顎をしゃくって立つように促してきた。

「行くって……。どこへです？」

「だから、署の方までさ」

「それは任意ですよね。お断りしますよ。まさか逮捕されたわけじゃあるまいし」

「何言ってんの。されてんだよ」

「……え」

「あんたはね、もう逮捕されているわけ」警察官は、また隣室の方を顎で指し示した。

「あの女の人に」

私人逮捕。そんな言葉を思い出すと同時に、また脂の臭いが強くなったように思えた。

4

二階の紳士用小物売り場に現れた男は、三十少し手前に見えた。服装がちぐはぐだ。着ているダッフルコートは値が張りそうだが、靴の先端には輝きがない。

男はネクタイピンを二点手にし、見比べている。

やがて、一点を元の位置に戻した。もう一点はすでに手の中に入っている。

男が右手を軽く握り込んだまま小物売り場を離れると、そこへ友人か恋人らしき女が近づいてきて手をつないだ。

何歩も歩かないうちに、商品は女の手に渡ってしまったようだ。

女は化粧の崩れを気にするふりをしながら、持っていたハンドバッグに手を入れた。

その光景をモニターの画面で観察しつつ、野々村は指令用のマイクを引き寄せた。四階にいる私服警備員に早口で伝える。

「若いカップル。男の上着はグレーのダッフル。汚れた靴。女はチェックのチェスターコート」

《商品を持っているのはどっちですか》

「女だ」

どうせ首謀者もそっちに違いない。根拠はないが、そう思えてならない。女など、たいてい悪党に決まっている。金目当てに痴漢騒ぎを起こしたあいつがいい例だ……。

二カ月ばかり前のあの日、警察署へ連れていかれ、担当の刑事から手に粘着シートのようなものを当てられていると、貴枝が呼んでくれた弁護士が到着した。それでも亜美の主張は変わらず、保釈されるまでの数日間、そのまま勾留《こうりゅう》されることになった。

粘着シートからは、繊維《せんい》が検出された。それは亜美が着ていた上着のものと一致していた。どこかの研究所が出した報告書には、この繊維の数について、「意識的に一定の時間にわたって接触を続けなければ検出され得ない程度の分量」との記載があった。

結果、一昨日下された判決は、迷惑防止条例違反の罪で罰金十万円だ。

承服できなかったが、控訴するだけの体力と気力は、もう残っていなかった。

逮捕されても、冤罪《えんざい》と信じてくれた社長の一存で解雇は免《まぬか》れた。だが保安課に配置換《が》えされ、以来、文字どおり日の当たらない地下室が勤務場所となっている。

「商品は女のハンドバッグの中だ。間違いない。建物から出たらすぐに捕まえてくれ」

私服警備員に指示を送り終えると、手元で内線電話が鳴った。貴枝からだった。

《昼休みになったら、すぐに隣の〝物置小屋〟に来てほしいの。時間はとらせないから》

「分かりました」

受話器を置き、手近にあった冊子を手にした。『保安課職員のための業務手引』。事前に百貨店組合から渡されていた資料だ。それをカバンに詰め、席を立った。

今日は午後から組合の研修会がある。

そういえば、日菜子にプランシェットを持っていくのを忘れていた。もっとも妹の方も忙しかったらしく、いっさい催促もなかったのだが。

研修が終わったら寄るか……。

別のモニターへ目を向けた。直後、軽く息が詰まった。

モニターの一つから目が離せなくなった。三階の婦人服売り場のカメラだ。

映っているのは、二十四、五歳ぐらいの女だった。離れ気味の両目に控えめな口元──。

片倉亜美に間違いなかった。

体格こそ華奢だが、歩き方はしっかりしている。今日は淡青色のスラックスを穿《は》いていた。黒い色の髪は、いつの間にか短く切ってある。臙脂《えんじ》色の半コートは似合っているのかいないのか分からない。

亜美は店員と何やら言い合っている。釣りが少なかった。おそらく、そんなクレームでもつけているのだろう。

昼休みを知らせるチャイムが鳴った。貴枝から呼ばれている。行かなければならない。

「その若い女をよく見張っておいてくれ。絶対に何かやらかすから。夕方、おれに連絡をくれないか」

モニターを指差し、部下にそう言い置いてから地下室を出た。

貴枝の言う〝物置小屋〟は、道路を一本挟んだ西側にあった。平屋の巨大な建物だ。ここは元々アケボノ製鞄が、三分の二を工場として、残りを事務室として使っていた。工場部分はいまも稼動しているから、近くに来れば皮革の匂いが漂《ただよ》ってくる。事務室部分はいま、時世堂百貨店の予備倉庫のような形で使われていた。だから貴枝の使う呼称もあながち間違いではない。

自分が以前勤務していたこのアケボノ製鞄は、無名に近い地方の一企業だったが、陸上部の運営には力を入れていた。いまから四年前、県の駅伝大会で優勝したことから、名前が広く知られるようになり、結果、皮肉なことに時世堂百貨店を経営する親会社に買収された。

駅伝大会優勝の立役者だった自分は、時世堂百貨店の正社員として迎えられた。その一方で、組織変革に際し、待遇の不満を訴えて退職していった者も多かった。

そんな経緯を振り返りながら、野々村は〝物置小屋〟のドアを開けた。

普段は雑然と段ボール箱が置かれている場所だが、いまは一角がきれいに片付けられていて、そこに十四、五体ほどのマネキンが並んでいた。一瞬、息苦しくなった。そこにあったのが思い出したくない光景だったからだ。

電車の様子を再現したものだ。自分の額《ひたい》に薄く脂汗《あぶらあせ》が浮かんだのが分かった。この部屋には暖房が入っていないようだが、背中も嫌な汗をかき始めている。

貴枝はマネキンのそばに立っていた。彼女の横にある作業台の上には、透明のビニール袋と箒《ほうき》が置いてある。ビニール袋のサイズは七十リットルほどか。かなり大きめだ。

「調子はどう?」

「自分の声がうるさくて困っています」

――おれは無実だ、おれは無実だ。おれは無実だ……。

これまで何度も脳内で唱え続けてきた言葉が、ついには頭の中ではっきり音声化されるようになってしまった。そう正直に説明した。

「どうやら休養が必要みたい。それはソート・エコーイングという現象ね。日本語にすれば思考反響。幻聴の一種だから気をつけないと危ないよ」

夫の職業が職業だけに、貴枝も精神医学に詳《くわ》しい。彼女が繰り出す言葉の中に、その分野の専門用語が顔を出すことは珍しくない。

「カウンセリングは?」

「続けています」

「事件のことはうちのに話した? していないでしょうね。あなたのことだから」

貴枝にはいつもこちらの内面を簡単に見抜かれる。

「基本的に内向的な性格なのね。いろんな鬱憤《うっぷん》を溜《た》め込んだままにしている。それじゃあカウンセリングを受けている意味がないと思うけど」

話題を変えるために、野々村は並んだマネキンたちに目を向けた。「これは何ですか」

「あのとき、近くにいた乗客たちの服を再現してみたの。参考までにね」

貴枝はマネキンの一つに近寄り、その肩に手をかけた。

「例えば、あなたの斜め前に立っていたこの男性。彼が着ていたシャツはビエラだということがホームの監視カメラの映像から分かっている。ビエラという生地を知っている？イギリス製でウール五十五パーセント、コットン四十五パーセントの交織の布地ね」

貴枝はマネキンからビエラ地の上着を脱がせると、それをビニール袋に入れ、箒を手にした。柄《え》の部分を使い、袋を静かに叩き始める。

「『ロカールの交換原理』っていうのを聞いたことがあるでしょう。『二つの物体が接触したときには、必ず、片方の微物がもう片方へ移動し合う』ってやつ」

貴枝は十回ばかり叩くと、覗いてみろ、というように袋の口を開いた。その誘いに従ったところ、袋の底には薄《うっす》らと堆積《たいせき》した繊維の屑《くず》が見えていた。

「この上着が当日彼の着ていたものだと仮定した場合、こうやって集めた繊維の中に、亜美が着ていた服のものが混じっていたら、ビエラの男も怪《あや》しいということになるよね」

「つまり、当時そばにいた乗客たちを見つけ出し、そのとき彼らが着ていた服を、そうやって調べよう、というわけですか」

当時、電車の中は混んでいたため、亜美が着ていた服の繊維が誰かの服にたまたま付着したとしてもおかしくはない。それに、あの一件からもう二か月も経っているのだから、服を洗濯してしまった者もいるはずだ。だから貴枝の言うやり方では、痴漢の確たる証拠を掴むことは難しいだろう。その点を承知した上で、彼女は何とか打開策を探ろうとしているようだ。

「ええ。そうすれば、他に犯人がいた可能性を立証できるかもしれない。繊維の種類は顕《けん》微鏡《びきょう》を使えば素人でも調べられる。もちろんどこかの研究所に依頼するのが確実だけどね」

言いながら貴枝は一枚の書類を出して見せた。見出しの部分には「訴訟委任状」とある。

「弁護士から預かってきたの。ぜひ署名するべきだと思うけど」

5

研修会を終えると、日菜子の住むマンションに向かった。

「いまから届けに行ってもいいか」

夕方、そうメールしておいたのだが、彼女からの返事はなかった。

一階がコンビニになっているマンション。その二階にある日菜子の部屋からは、いくらチャイムを押しても応答がなかった。

ドアノブを回してみると、鍵はかかっていなかった。

「お邪魔するよ」

部屋に入ってみた。近所まで茶でも買いに行ったか。向かった先が一階のコンビニならこの無用心さもぎりぎり頷けないことはない。

——いいです、もう諦《あきら》めます。

何がきっかけになったのか分からないが、ふいに、今日の昼間、貴枝に返した自分の言葉が耳元によみがえった。

「泣き寝入りしちゃ駄目でしょ。真実を明らかにするまで戦わないと」

「本当にいいんです。もう疲れました」

渡された訴訟委任状の書類は四つに折りたたんで屑籠《くずかご》に入れてきた。

すぐ妥協してしまうのが自分の悪い癖だ。もっとも、強く我を張れないこの性格が、苦情処理担当という仕事には案外向いていたのだが……。

日菜子はまだ戻らない。

自分のせいで妹は失踪《しっそう》したのではないか、と不安になった。不名誉な罪の容疑者になった兄を恥じたのではないか、と。身内が犯罪者では患者に顔向けができない。

だが、すぐに思い直した。痴漢と疑われ裁判中の身であることを、ずっと世間には隠し通してきた。日菜子にも言っていない。警察に勾留されていた時期は、ちょうど出張が予定されていた期間に重なっていたから、気づかれることはなかったはずだ。

気まぐれに、持ってきたプランシェットを使ってみることにした。

自分の手が描き出したものは、奇妙な図形だった。悪意に満ちたような禍々《まがまが》しい線を見ているうちに、嫌な予感がしてきた。

台所に行ってみた。

そこには吐《は》き気止めやせき止め薬の箱が大量に転がっていた。ブリスターパックの中身はどれも空になっている。

錠剤は事前に擂《す》り潰《つぶ》したり、ミキサーにかけて粉々に砕《くだ》いて服用したようだ。シンク横のキッチンカウンターには焼酎《しょうちゅう》の瓶《びん》も置いてあった。

大量の薬物とアルコールの同時摂取。日菜子が何をしたかは、この状況から明らかだった。

風呂場だという直感があった。

思ったとおり、日菜子はそこに倒れていた。

水を飲ませ、飲み込んだものを吐かせようとした。何度もそうしているうちに、日菜子の指先や唇から血の気が失《う》せ、さっと紫色に変わった。チアノーゼの状態だ。

焦《あせ》りながら、喉《のど》に指を入れて吐き出させようとしたが、うまくいかない。

救急隊が到着したのは、通報してから五分もしないうちのことだった。

日菜子の意識状態はレベル300にまで落ち込んでいた。これは、痛みや刺激に対しまったく反応を示さない状態を指す。そう救急隊員から教えられた。もっとも深い意識障害ということだった。

市立病院へ搬送された日菜子の口にチューブが挿《さ》し込まれたときも、大量の微温湯《ぬるまゆ》で胃洗浄が行なわれたときも、下剤が投与され浣腸《かんちょう》をかけられたときも、思っていたことはただ一つ。生きていてくれ。それだけだった。

不安のせいで涙が止まらない。ハンカチを忘れてきたため、ティッシュを目に当て続ける。ポケットティッシュ一袋を一時間もしないうちに使い切った。

待合室でうなだれているとき、携帯電話に部下からメールが来ていたことに気づいた。

《昼間の女性客ですが、多めに受け取った釣り銭を返しに来たそうです》

それだけの短い文章でも読むのにけっこう手間取ったのは、ティッシュが切れたため瞬《まばた》きを地道に重ねることでしか視界をクリアにする術《すべ》がないせいだった。

6

日菜子の唇はまだ紫色だが、指先には少し血色が戻っていた。

病室は四人用で、二床は空《あ》いていた。もう一つのベッドも、おそらくそこの主は何かの検査中なのだろう。いまは空になっている。

白い壁に囲まれた病室には、日菜子の鼻孔《びこう》から漏れる小さな呼吸音だけが静かに響いていた。

風呂場に倒れている日菜子を見つけたときから、六十時間ほどが経過した計算になる。

電動ベッドを少し起こし、ベッドテーブルをセットした。

その上で折り紙を持たせ、手を添えてやりながら紙飛行機を折ってみたが、妹は何ら反応を見せなかった。

――意識が戻ってもいいころだから、声をかけてやってください。もし目が覚めたらナースコールのボタンを押してください。

そう医者からは言われている。

折り紙の代わりに、今度は小さな分子模型を持たせた。よく学校の理科室に置いてあるような球棒モデルだ。

それでも反応はない。

なぜ妹は自殺を図ったのか。

仕事の上で大きな失敗でもやらかしたか。それとも過労で鬱《うつ》にでもなっていたか。

……どちらも違う。あれからまた日菜子の部屋に入ってみた。悪いとは思ったが、日記などを調べてみることにした。結果、仕事に関してトラブルの類《たぐい》があったような記述はどこにも見当たらなかった。

日菜子の日記に頻繁《ひんぱん》に書かれていたのは、内科医院での出来事ではなく、ある人物との関係だった。同じビルの中で開業している、ある精神科医との……。

分子模型の代わりにプランシェットをベッドテーブルに載せた。

日菜子の右手を添えてやり、下に敷いた紙に図形を描いていく。

そうしていると、ついに妹は薄く目を開けた。厚めの唇が「ごめんなさい」の形に動く。

「気にするな。また来る」

ナースコールのボタンを押し、椅子から立ち上がった。親族だけが許された面会を終え、看護師と入れ違いに病室を出る。

廊下に置かれた長椅子には見慣れた顔があった。

こちらに気づくと、御子柴は頭を下げた。

目礼を返し、隣に座る。それでも御子柴は姿勢を戻さなかった。端整な横顔は蒼《あお》ざめている。寝ていないのかもしれない。無精髭《ぶしょうひげ》が濃かった。傍《はた》から見てもその狼狽《ろうばい》ぶりが相当なものであることはよく分かった。

「折り紙と分子模型、それにプランシェットを触らせてやりましたよ。どれも日菜子が小さいときに好んだ遊び道具です。昔の記憶が呼び水になったんでしょうね、ようやく目を覚ましました」

御子柴は項垂《うなだ》れながら頷いた。

自殺を図った理由。いまだに頭を下げ続ける御子柴の態度が、その答えだ。日菜子は彼と不倫をしていた。だが御子柴は日菜子を捨てた、ということだ。

とはいえ、なぜ日菜子に嫌気がさしてしまったのか、その理由について、おそらく御子柴は自分でもよく分かっていないのではないかと思う。

御子柴の口から謝罪の言葉が出てくる前に、野々村は彼の背中に手を当ててやった。

ようやく御子柴は顔を上げた。

「妹を不倫相手にしたことは許せませんが、今回のことは先生だけの責任ではありません」

声に険が混じらないよう注意しながら、先ほどプランシェットを使って自分が描いた図形に目を落とした。それは三つの円だった。数学で使うベン図のように、それぞれの一部分が重なるような形で描かれている。

半《なか》ば無意識のうちにこんな図を描いていたのは、いつか御子柴のクリニックであったことを思い出していたせいだ。

「金持ち」、「暇人」、「美男子」。あのときはそんな喩《たと》えを持ち出した。

もしも「金持ち」の代わりに「同ビル内のテナント」を、そして「暇人」の代わりに「昔の教え子」を当てはめてみればどうなるか。

さらに「美男子」の代わりに「女」を持ち出せば、誰を特定することになるだろうか……。

7

昼休みの〝物置小屋〟には、今日も暖房が入っていなかった。

入っていないと言えば、掃除の手もそうだ。屑籠の中を覗くと、四日前に捨てた訴訟委任状がまだそのまま残っていた。

そのまま残っていると言えば、貴枝の準備したマネキンたちも、先日見たとおりじっと同じ場所に佇《たたず》んでいる。

もう冬だというのに人形たちはまだ秋の装《よそお》いだ。昨日触った日菜子の頬よりもさらに白いプラスチックの肌。それが寒さのせいでかすかに震えているようにも感じられる。

野々村はぎっしりと並んだ人形たちの隙間《すきま》に身を割り込ませた。

車両の揺れと車輪の軋《きし》む音を想像しながら、目を上に向ける。

満員電車内では中吊り広告を睨《にら》む人が多いが、それは暇つぶしのためだけではないらしい。視線を一点に逸《そ》らしておく行為には、自分が何ら敵意を持っていない旨を周囲の乗客にアピールする目的があるという。

以前本で読んだそんな学説を思い返しているうちに、貴枝が姿を見せた。

彼女もまたマネキンの森に分け入ってきた。あのときと同じように、こちらの隣に立った。

――せっかく用意してくださったセットですから、当時の様子を実演しながら再現してみたいと思います。ご協力願えますか。

依頼は、すでに申し伝えてある。

貴枝は、亜美役を務めるマネキンの肩についた糸屑が気になるようで、前方へ向かってふっと息を吹きかけた。それでも取れないらしく、今度は指で払い始める。

「いままで亜美という女が嘘をついていたと思っていましたが、考えを改めました」

糸屑を摘《つま》み上げたところで、貴枝は指の動きを止めた。

亜美は決して示談金や慰謝料を目当てに被害を言い立てたのではなかった。彼女は正直な人間だった。だとしたら――。

「やっぱり、これが」野々村は自分の右手を貴枝の前に掲げて、「彼女の体を触ったんだと思います」

「……どういうことかしら」

「ご説明しましょう。――ぼくが課長の役をやりますので、課長がぼくになってみてください」

怪訝《けげん》な表情を見せたまま動こうとしない貴枝に向かって、こちらへ、と立ち位置を手で示してやる動作で移動を促し、互いの居場所を入れ替えた。そして、

「失礼します」

貴枝の手首を摑んだ。彼女の指から糸屑が床に落ちた。

夫の浮気に気づいていた貴枝は、御子柴を日菜子から何としても取り戻したかった。

あのとき居眠りをしていたおれの手が、亜美の臀部に触れそうになっていたのだろう。

その光景を目にした貴枝の脳裏《のうり》に、とっさに一つの考えが浮かんだに違いない。おれに女への憎しみを抱かせ、カウンセリングを受けさせたら――。そうして御子柴の身に「融合」を起こすことで、無意識のうちに日菜子を嫌うように仕向けることができるのではないか、と。

おれは最初から最後まで亜美に手首を摑まれていたとばかり思っていた。だが違う。最

初におれの手首を摑んでいたのは貴枝の手だった。それが途中で亜美に交代したのだ。

そして貴枝の手はこう動いたに違いない。

野々村は貴枝の手を、亜美に見立てたマネキンの臀部に背後から押し当てた。

「……これはどういうつもり？」

「それは課長が誰よりもご存じではありませんか」

両手を頬に当てて火照りを冷やすようなポーズをとった貴枝をよそに、野々村は屑籠に手を入れた。そして四つに折りたたんだ紙を拾い上げると、作業台の上で皺《しわ》を伸ばし始めた。

第三章　歪《ゆが》んだ走姿《フォーム》

1

涙の膜で視界が軽く歪《ゆが》んだ。

藤永晶之《ふじながあきゆき》は、とっさに顎《あご》を上下左右に動かした。そうしてごまかしたところで、いま出てしまった欠伸《あくび》をカモフラージュできたかどうか自信がなかった。だが、助手席の仁井田《にいだ》が何も言ってこないところをみると、うまくいったのかもしれない。

一息つく気分で、ハンドルから離した左手を、エアコンのスイッチへと伸ばした。それを押す前に、視線で仁井田に「点《つ》けてもいいですか」と伺《うかが》いを立てた。

「ああ」

面倒くさそうに答えた仁井田は、先ほどからずっと右の膝《ひざ》をさすっている。

エアコンが吐《は》き出した冷気には黴《かび》の臭いが混じっていた。

「先輩、何ドールぐらいです？」

そう訊《たず》ねると、案の定、仁井田は怪訝《けげん》な表情を作った。

「最近本を読んで知ったんですけど、痛みにも単位があるんだそうです。その単位をドールというんですよ。いくつかの例を挙げますと――」

軽い腹痛が一ドール、冷たい飲み物でしみるぐらいの歯痛なら二ドール。腎臓にできた結石が尿道を通過したときの痛みが十ドールだそうです、と説明してから、改めて問い掛けた。

「その伝でいうと、先輩の膝は何ドールぐらいになりそうですか」

「おまえの知り合いに、足の速いやつはいないか」

こちらから発した問い掛けを無視され、逆に、まったく違った話題の質問を受ける。仁井田とのコミュニケーションでは、このパターンが多かった。もう慣れているから、別に居心地《いごこち》の悪さは感じない。

県警の陸上部に入っている仁井田は、駅伝の選手であり、アンカーを務めている。県の実業団駅伝大会には、県警チームも毎回出場していた。今年も、その大会が数週間後に迫っている。だというのに、怪我《けが》のせいで出場できなくなった。そこで、自分の代わりになる選手を見つけなければ、と焦《あせ》っているのだ。

「せっかく今年は初優勝できそうなんだよ。おれが出られてさえいたらな」

「残念ですが、心当たりはありません。――参考までにお訊《き》きしますけれど、どれぐらいの健脚ならば、先輩のお眼鏡《めがね》にかなうんです？」

「百メートルを十三秒、二百メートルを二十五秒で走れるぐらいだ」

「でも話は駅伝ですよ。長距離競技に、短距離の数値が参考になるんですか」

「アンカーはスパート勝負だからな。速筋が強くなければ駄目なんだよ」

仁井田は、膝をさする腕に、安物には違いないが、ちょっと目を惹《ひ》く腕時計を嵌《は》めていた。本体はごく普通のデジタルウォッチだが、樹脂製バンドの部分にランニングシューズのイラストが控《ひか》えめに描かれている点が珍しい。

「どこで手に入れたんですか、その時計」

嫌味にならないよう、藤永は自分がしている八十五万円のカルティエをそっとワイシャツの袖に隠してから訊いてみた。

「去年の県実駅伝の参加賞だ。そういえば藤永、おまえも陸上をちょっとやっていたんだよな」

「はい。高校のときだけですけど。ぼくも、十キロマラソンに出たときは、参加賞をもらいましたよ。ダサい灰色のTシャツでしたが」

藤永はブレーキを踏んだ。

停車したのは、左手にやたらと広い河川敷《かせんしき》公園が見える場所だった。公園ではいま、子供たちがペットボトルロケットを飛ばしている。

『アケボノ製鞄《せいほう》』という、ランドセルを作っている中小企業が、消費者である地元の小学生たちのために工作教室を定期的に開いていた。それが今日も催《もよお》されているのだ。公園の周囲には、別の車が何台か駐《と》まっていた。車中では、子供たちの保護者が様子を見守っている。

アケボノ製鞄の社員である野々村康史《ののむらやすふみ》が、教室の責任者として子供たちにロケットの作り方を教えていた。

「何度もすみません」藤永は仁井田と肩を並べ、野々村に近寄っていった。「野々村さん。その後、何か思い出されたことはありませんか」

今年の二月、この付近で、女子児童が男に体を触られたうえに連れ去られそうになる、という事件が起きていた。

被害者の女児は、この工作教室に参加していた子だった。夕暮れどきまで長びいた教室が終わり、帰宅する途中で被害に遭《あ》ったのだ。

悲鳴を聞いて駆け付けたのが、後片付けをしていた野々村だった。走って逃げる犯人の後ろ姿を、彼は遠目にだがしっかりと目撃していた。逃走の際、犯人がわずかに振り返ったため、一瞬だけだが顔も目にしている。

野々村の証言を基に似顔絵が作られた。描き上がったものは、どこかで見た顔のような気もした。だが、これといって特徴のない容貌《ようぼう》でもあったため、捜査は空振りの連続だった。

被害者の親のみならず、教室に子供を通わせていた保護者たちはこぞって、現場の責任者だった野々村に非難の矛先《ほこさき》を向けた。自責の念に駆《か》られた野々村は、時間を見つけては独自に調査をしているようだが、やはり何の成果も上げられないままだった。

「申し訳ありませんが、知っていることはすべてお話ししました」

目を伏せ、低い声でそう答えた野々村の前に、藤永は、

「では、これを見ていただけませんか」

似顔絵に近い顔写真を、十人分ばかり並べて貼ったアルバムを広げてみせた。

「この中に犯人と思われる人物はいませんかね」

野々村が力なく首を横に振ったとき、すぐ近くで、子供の一人がロケットを発射させた。勢いよく水を噴《ふ》き出しながら、赤く塗られたペットボトルが空高く舞い上がる。

それが百メートルほど先の地点に落下すると、仁井田がこちらの腕を肘《ひじ》で小突いてきた。

「取ってきてやれ」

「はい」

アルバムを仁井田に預け、落下地点まで走っていった。

ロケットを拾い上げる。ガムテープがよじれたままべたべたと貼ってあり、見るからに小汚い代物《しろもの》だった。手作りなどと面倒くさいことをせず、市販のものを買えばいいのに、

と思う。

元の場所に戻ると同時に、また別の子供がロケットを打ち上げた。今度はもっと先まで飛んでいった。それが落下すると、再び仁井田から腕をつかれた。

「あの、仁井田さん」

「何だ」

「お言葉ですが、あんなものは使い捨てにすればいいんじゃありませんか」

思ったことを正直に、もちろん囁《ささや》き声にして口に出した。

「いいから拾ってきてやれ。急いでな」

言われたとおりにするしかなかった。

回収してきたロケットを野々村に差し出して言った。「残念ですが、これ、もうゴミ箱行きにするしかありませんよ」

ロケットは、落下の衝撃で、羽根の部分が壊れてしまっていた。

「いいえ。まだまだ使えます」

野々村はガムテープを使って修理を始めた。

結局、野々村から新しい情報を得ることはできそうになかった。できたことは、役に立つか立たないか分からない忠告を一つくれてやることだけだった。

「あなたは犯人の顔を見た。ならば、たぶん犯人もあなたの顔を目に焼き付けているでしよう。どうかくれぐれも油断をなさらずに」

2

再び運転席に座ると、また欠伸が出そうになった。右側のサイドウインドウに顔を向け、出発前に周囲の確認をするふりをしながら、空気を吸い込む。

顔をフロントガラスに戻したところ、仁井田の太い指で太腿《ふともも》をつねられた。

「何ドールだ、この痛さは」

「ちょ……。やめてもらえませんか」

「この痛さはどれぐらいだって訊いてるんだ」

「六ドールぐらいだと思います」

「何ドールになれば眠気が消えるんだ？」仁井田の指がようやく離れた。「さっきから何回欠伸をしている？　もう少しぐらいしゃきっとしたらどうなんだ」

「……すみません」

「優秀な刑事にはな、眠たそうな目をした者ならときどきいるが、本当に眠たい目をしたやつはいない」

たしかに、事件を追うときの仁井田の眼差《まなざ》しには凄《すご》みがある。奥の方で鈍《にぶ》い光を放つ視線は、対峙《たいじ》する者を竦《すく》み上がらせるのに充分な迫力を持っていた。何かに一度食らいついたら決して離れはしないだろう。そんな執念を感じさせる、まるで鉤針《かぎばり》のような目とも言えた。

「でも、お言葉ですが、ぼくは見た目ほどボケていませんよ。その証拠に、ちゃんと気づきましたからね。さっき野々村が、先輩と同じ時計をしていたことに」

ということは、野々村も県実駅伝の選手なのだろう。

「そうだ。アケボノ製鞄も大会の常連でな。野々村も六区を走るアンカーだ」

「刑事と目撃者が、あるときはライバル同士ですか。珍しいこともあるんですね」

「野々村は、けっして悪いランナーじゃないが、踏ん張りがきかないのが弱点でな。加えて、事件に巻き込まれたせいで、いまは走りに集中できるような心理状態じゃないはずだ。――それにしても、アケボノ製鞄が大会に出るのも今年が最後かもしれないな」

「なぜです」

「不景気で、会社の経営が苦しくなったからだよ」

もし今回の大会で優勝できなければ、あそこの駅伝部は廃部になるようだ。現に、外部から招いていた監督がもうすでに解雇されたぐらいさ、と仁井田は説明した。

「まあ、今年のアケボノにはいい選手が揃《そろ》っているようだから、たぶん上位には入ってくるんじゃないか。だが優勝は難しい。なにしろ、おれたち県警チームがいるからな」

「廃部になったら、部員たちはどうなるんです?」

「おそらく、会社を馘首《クビ》になり、路頭に迷う者も出てくるだろう。まったく気の毒だよ。もっとも、カルティエの時計をした金持ちの息子には、まるで関係のない話だけどな」

仁井田は皮肉な視線をこちらに投げてよこしたあと、また腕時計を突き出してきた。

「この数字を見ろ」

腕時計はストップウォッチのモードになっていた。いまそこには「50」と秒数が表示されている。

「なんですか、それは」

「さっき、二回目に打ち上げられたロケットは、何メートル飛んだと思う?」

「さあ、百五十メートルぐらいじゃないですか」

「いや、二百メートルはいっていた。そしてこの数字はな、おまえがロケットを取りにいって戻ってきた往復タイムだ。四百メートルを五十秒なら、片道の二百メートルは何秒だ?」

仁井田は、にっと頰《ほお》を吊《つ》り上げ、唇の端から歯を覗《のぞ》かせた。

3

　数日後。仁井田の推薦で、むりやり県警陸上部に入れられた藤永は、練習場として借りている県営グラウンドに向かった。

　送り迎えの役を買って出た仁井田から、

「おまえには燃料も翼も揃っている。飛ばないロケットで終わっちゃあ、もったいないよな」

　そんな言葉と一緒に背中を押され、車から降り立った。

　グラウンドでは、よく日に焼けた四十がらみの男が待っていた。監督の雁屋守《かりやまもる》だ。

　自己紹介しようと口を開きかけたところ、雁屋が軽く手を挙げ、待ったの合図を送ってきた。

「時間が惜しい。さっそく練習に入ろう。挨拶《あいさつ》なら体を動かしながらでもできる。まずトカゲ歩きをしてみてくれないか。二十メートルを、ゆっくりでいいから」

「……分かりました」

　着ているジャージを脱ぎ、その場で四つん這《ば》いになった。

　爬虫《はちゅう》類になったつもりで、右手、左足、左手、右足の順序で前に出し、体幹をずらしつつ低い姿勢を保ったまま前へ進み始める。

すぐ横をゆっくりと歩きながら、雁屋は口を開いた。

「監督の雁屋だ。よろしく。——藤永くん、きみのことは覚えているよ。だけど驚いたね、まさか刑事になっていたとは」

雁屋はかつて、地元では有名な陸上選手だった。競技者を引退したあとは、高校や実業団で後進の指導にあたっていた。

自分の高校時代は、雁屋が監督を務めている学校が一番強かった。彼は研究熱心で、他校のランナーの一人一人までフォームを把握していた。

また、つい先ほど仁井田から聞かされたところによると、雁屋は今年の三月までアケボノ製靴駅伝部の監督をしていたという。すると「解雇された監督」とは雁屋のことだったようだ。

もっとも、コーチ業はあくまで副業であり、本業は、小さな仕出し弁当店の経営だ。雁屋の店は警察本部にも出入りしている。今年の四月から県警チームの監督に就任することになったのは、そんな関係があったかららしい。

「体が柔らかいね。いい動きだ」

「子供のころトカゲを飼っていましたから、真似《まね》は得意なんです」

調子よく答えたものの、十メートルも進まないうちに、股関節《こかんせつ》が悲鳴を上げ始めた。背中の筋肉も痙攣《けいれん》を起こしつつあった。

トカゲ歩きは、陸上競技の基本的な動きを作るのに効果的な方法だ。思い返せば、高校時代にも練習メニューに入っていた。久しぶりにやってみると、かなりきつい。

「突然だが、ちょっときみの性格テストをさせてもらうよ。いくつか質問をするから、『はい』か『いいえ』で答えてくれないか。正直にね」

苦しさのあまり、承知しました、の返事が掠《かす》れ声になった。

「では訊ねる」

――きみは他人が自分のことをどう思っているか気になる方である。

――きみは流行を敏感に追いかける方である。

――きみは仲間うちで目立った存在になりたがる方である。

そんな質問を立て続けに七つ、八つ投げられた。これらの問い掛けが練習にどんな関係があるのか疑問だったが、質問しているだけの余裕はなかった。

声を絞《しぼ》り出して返事をしつつ、どうにか二十メートルの地点まで這い進んだころには、もう手足の筋肉が疲れ果て、体を支えられなくなっていた。

大の字になって仰向《あおむ》けになると、雁屋から耳のそばで手を叩《たた》かれた。

「これでウォーミングアップは終わりだ。今度はトラックを走ってみてくれないか。きみのフォームを見たい。その後は自転車に乗って大会のコースを下見してきなさい」

よろけながら立ち上がり、何周かトラックを走ってみせたところ、「そのフォームでいい」と雁屋は頷《うなず》いた。

4

短い休憩を取ってから、大会本番で受け持つ六区のコースを、県警陸上部が所有する自転車で走ってみた。

自転車にはデジタル式の速度計がついていた。時速二十キロをやや超えるぐらいのスピードでペダルを漕《こ》いでみる。その速度で始点から終点まで走ったところ、十五、六分しかかからなかった。

そういえば、六区の全長はたしか五・一九五キロしかなかったはずだ。飛び入りの代理選手でもなんとか務まるだろう。そう仁井田が判断したのは、この短さ故《ゆえ》のことかもしれない。

復路では少し漕ぎ方を遅くし、ときどき立ち止まっては、地形と風向きを手帳にメモしていった。

県営グラウンドに戻ると、地元のテレビ局から取材クルーが来ていた。

その中に、見覚えのある顔があった。坂辺《さかべ》だ。会うのは二年ぶりぐらいか。以前とは違い、黒縁《くろぶち》眼鏡をかけ、口髭《くちひげ》を生《は》やしていたので、すぐには分からなかった。

「懐《なつ》かしいな、それ」

坂辺は、こちらが着ているグレーのTシャツを指さしたあと、

「実は、おれもまだしつこく使っている」

上着の襟元《えりもと》から、その下に着ている同じTシャツを覗かせてみせた。

坂辺とは高校が同じで、一緒に陸上部に所属していた。ともに身長が百七十七センチ、座高や腕の長さも同じだった。体形が似ているから、記録も肩を並べていて、いわゆるライバル的な存在でもあった。

「久しぶりに会えたんだ。記念のツーショットぐらい撮らせろ」

坂辺が携帯電話を取り出したので、彼の隣に並んでやった。

「本当に、もうずいぶん会っていなかったよな」藤永は坂辺の肩に腕を回した。「娘さんはいくつになった？」

「今年からもう小学生だよ。——しかし刑事が駅伝なんてやっている暇があるのか？　こんなことをしている隙に、犯人がどっかに逃げちまったらどうする」

坂辺は携帯を持った手を前に突き出した。カメラをこちらに向け、いわゆる〝自撮り〟の構えを作る。

「大丈夫だよ。おれ一人が欠けたぐらいでは、あまり影響はないらしい」

大会が終わるまでの間はずっと、午後五時になると、捜査の仕事を切り上げさせられ、仁井田の送り迎えで練習に参加する予定になっていた。

「だったら本番の翌日だって、当然休みがもらえるよな」

「ああ」

大会は三週間後の六月二日だ。三日、四日は仕事に来なくていいと言われている。ただ、四日の夕方から、大会の反省会が予定されているから、それにだけは出席しなければならないことになっていた。

「じゃあ、六月三日の昼間、一緒に飯を食おう。『時世堂百貨店』の七階にある鉄板焼きの店でどうだ」

こちらが首肯《しゅこう》したのと、坂辺がシャッターを切ったタイミングが、ぴたりと重なってしまった。彼が画面を覗き込んで顔をしかめてみせたのは、案の定、いまの頷きで画像にぶれが生じたからだろう。

「撮り直しだ。——しかし、おまえの実家は資産家なんだから、なにもあくせく警察官なんかやってることはないだろうに」

会えば必ず言う台詞《セリフ》を、やはり坂辺は口にした。

たしかに、職を間違えたかもしれない。念願かなって、生活安全課から刑事課へ引き抜いてもらえはしたが、いざこの仕事をやってみると、煩雑《はんざつ》な書類仕事ばかりが多く、退屈だった。正直なところ、いまはやる気を失いかけているが、そこまでは言わないでおいた。

坂辺は再びシャッターを切った。今度はうまく撮れたようだった。

「この写真は、メールで送っておいてやるよ」

「ありがとう。——そっちはだいぶ元気そうじゃないか」

「まあな。競技経験があるってことで、大会本番のカメラマンに抜擢《ばってき》されたよ。先頭集団を映す中継車に乗る予定だ」

「そいつはめでたいな。雁屋さんにもちゃんと教えてやれよ」

「もう言ってきた」

「そうか。——ところで、さっき雁屋さんに性格テストみたいなことをされたんだが、あれはいったい何だろうな」

「忘れたのか。選手一人ひとりの個性にあった練習メニューを作るためさ。心理重視の手法。それが昔から、あの人のやり方だったろ。——で、どんなことを訊かれた？」

「きみは他人にどう見られているか気になるタイプか、って」

「他には」

「流行に敏感な方か、とか、仲間の中で目立ちたい方か、なんてことも」

「どう答えた？　いまの三つの質問に」

「当ててみろよ。三つとも正解だったら昼飯を一回ご馳走《ちそう》してやる。その代わり全部はずれだったらそっちが奢《おご》れ」

藤永は左手の親指、人差し指、中指を立ててみせた。

「最初の質問は……はい、だな」

ブーッ、とブザーの鳴る音を口で真似て、まず中指を折り畳《たた》んだ。「二問目は？」

「……これも、はい、じゃないか」

「はずれだ」人差し指も折り曲げた。

「本当かよ」

「疑うんなら雁屋さんに確かめてみろ。もうあとがないぞ。三問目は」

「いいえ、だろ」

「残念でした」残る親指も丸め込み、その拳《こぶし》を軽く突き上げてやった。「じゃあ、特選和牛の鉄板焼きをご馳走になろうか。フルコースで頼む」

「雇《やと》われカメラマンで薄給のおれが、公務員様で資産家御曹司《おんぞうし》のおまえに奢らなきゃいけないわけだな。そいつは面白い冗談だ」

テレビ局のクルーが帰っていくと、雁屋に呼ばれた。

「考え直したんだが、きみのフォームを少し変えた方がいいかもしれない」

肘を真後ろに振らず、やや左右に揺らすことでリズムを取るよう、そして腰高のフラットフォームにするよう指導された。

「地形に合わせた走り方だよ。見てきて分かったと思うが、六区には起伏が多い。フラット走法の方が適しているはずだ」

「承知しました。ところで監督、女の子が襲われたわいせつ事件の話は、聞いていますか」

雁屋は、三月までアケボノ製鞄にいたのだ。ならば、野々村から事件のことを聞いているのではないか。だとしたら、雁屋の口から何か手掛かりを引き出せるかもしれない。

「そういう話は後だ。いまは練習に集中しなさい」

その口調から分かった。やはり彼も、あの事件について一通りは知っているようだ。

5

三十メートルほど向こうに、ガードレールに両手をつき、道路に身を乗り出すような格好をしている男がいた。

サングラス越しに顔の造作《ぞうさく》を観察してみる。輪郭《りんかく》はそっくりだ。この距離からすれば、似顔絵との一致度は八十パーセントほどか。

二十メートルほどまで近づいた。

……違う。この男の鼻は大き過ぎるし、唇もだいぶ厚い。至近距離で見れば、一致度は五十パーセント以下だ。

視線をずっと前方に戻した。

次に目をつけたのは、電信柱の横に立ち携帯電話のカメラを構えた男だった。すでに思い通りの画像を撮り終えたのか、その場から立ち去る気配を見せている。

疲れて感覚が麻痺《まひ》しかけている両の太腿に、脳からの命令で鞭《むち》を一つくれてやり、顔がはっきりと確認できる位置まで急いだ。

……これもはずれだった。顔は似ているかもしれないが体形が合っていなかった。この男は太りすぎだ。野々村の証言では、犯人は中肉中背だった。

視線を前に戻すと、汗が目に入った。

何度か瞬《まばた》きを繰り返し、最終の六区をひた走りながら、強く感じているのは戸惑《とまど》いだった。

まさか本当にトップに立ってしまうとは――。

かつて現役の陸上選手時代には、トラックとロードで十を超える大会に出場したが、これだけの声援を受けた記憶はない。

ともすれば度を失いかけている自分がいた。沿道から寄せられる視線の数々が、ただでさえ爆発寸前の心臓によけいな拍動を加えてくる。

観衆の中に、犯人の顔を捜し求めることで、いくらか緊張を紛《まぎ》らわそうとしたが、そんな抵抗を試みたところで、あまり効果はないようだった。

目の前を中継用のトラックが走っていた。荷台の部分に坂辺が乗って、カメラのファインダーを覗いている。

背後にもテレビの中継車が一台つけていた。

坂辺がファインダーから顔を上げた。一瞬、目が合った。もう一息だぞ、と無言の応援を聞いたように思った。

大会後に与えられる二日間の休みは、もし優勝したら一週間に延長してもらえることになっていた。それを思うと、瞬間的にではあるが、疲れが霧消した気がするのだから、やはり自分はいまの仕事があまり好きではないのだろう。

背後に他の選手の足音を聞いた。

振り返ろうとしたとき、沿道にいるアケボノ製鞄の応援団が、社名を染め抜いた横断幕を高く掲《かか》げた。その動きから、追い上げてきたのが野々村だと分かった。

野々村は踏ん張りがきかない——仁井田はそう言っていたから、彼のことなど、ほとんどノーマークだった。

ゴールまであと一キロを切り、足にかなり疲労がきていた。襷《たすき》が重く感じられてならない。

そうしているうちに並ばれてしまった。

野々村は荒い息を吐きながら、何度も首を横に向けては、こちらにじっと視線を当ててくる。敵の表情を読み取ろうとしているのだろう。

——上等だ。

藤永は、かけていたサングラスを外し、路上に捨てた。そして、同じように相手の方へ首を捻《ひね》り、野々村と目を合わせてやった。

気圧《けお》されたか、野々村の足が鈍った。

いったん引き離す。

ところが、三十メートルも走らないうちに、再び野々村が猛然と追い上げてきた。

再度、横に並ばれ、そして今度はついに抜き去られた。

6

神戸《こうべ》牛のフィレなら八千五百円。壱岐《いき》牛のサーロインなら八千八百円だった。
時世堂百貨店七階——。鉄板焼きレストランの店頭でメニューを見ながら、腹部に手を当ててみる。レース直後の昨晩、自分の胃袋は飲み物しか受け付けなかったし、今朝も抜いてきた。

腹が空《す》いていないはずがないのだが、あまり食欲が湧《わ》かないのは、まだ疲れが抜け切っていないせいだろうか。

肉はやめて六千三百円の魚介類コースにしておくか。代わりに一番高価なメニューは坂辺のためにオーダーし、支払いはこっちがもとう。そう決めたところで坂辺が現れた。

「ちょっと予定を変更しないか？　別のところへ行こう」

「別のって、どこへだよ」

「いいからついてこいって。もう少しきれいな空気を吸おうじゃないか」

坂辺は階段を使い、屋上の展望台に出た。

四方が背の高い柵に囲われた場所だった。西側の柵に近づき隙間《すきま》から覗いてみると、眼下には道路を一本挟《はさ》んで平べったい大きな建物が見えた。

あれが四年ほど前からアケボノ製鞄の工場兼事務室として使われている建物だ。それ以前は、丑倉《うしくら》組という会社が中古タイヤを保管するために使っていた倉庫だった。

いまは解散して消滅した丑倉組だが、当時は指定暴力団の傘下《さんか》にある組織だった。そのため、生活安全課にいた頃には、地元住民の要請を受け、何度かこの付近を見回りしたことがある。

柵の近くには有料の望遠鏡が何台か設置されている。その一つに、坂辺は硬貨を入れた。

「覗いてみろよ。昨日走ったコースが、ここからならよく見渡せる」

藤永は言われたとおりにした。

コースを目で辿《たど》っていくうち、ゴール前での歓声が思い出された。

結局、野々村が一位のままゴールに飛び込み、アケボノ製靴が優勝した。だが、野々村の体力は限界にきていたようだ。脱水症状を起こした彼は、ゴール直後に坂辺の乗った中継車にすがりつくようにして倒れ、いまは病院のベッドにいる。

自分は二位でゴールし、県警チームは準優勝にとどまった――。

時間が来て望遠鏡の視界が暗くなった。

顔を上げてみると、坂辺が消えていた。すぐ横にいるものとばかり思っていたのだが……。

捜したところ、彼の姿は柵の外側にあった。よじ登って、乗り越えたらしい。

いま彼は、体をビルの外側に傾《かたむ》け、片手だけで鉄の棒に摑《つか》まっていた。正確に言えば、鉄棒を握っているのは、左手の親指、人差し指、中指の三本だけだ。その指を離せば、七階建てのビルから落下することになる。

「おまえ、何やってんだ……」

「見て分からないか」坂辺は短く鼻から息を出し、自嘲《じちょう》めいた笑《え》みを見せた。

「なぜだよ。そんなことをする理由は何だ」

「当てでみな。三回チャンスをやる。正解できたら、そっち側に戻ってやるから」

「……奥さんと大喧嘩でもしたのか」

ブーッ。坂辺は唇を突き出しブザーの鳴る音を真似しながら、鉄棒を握っていた三本指のうち中指をぴんとはじき上げるようにして立てた。

「仕事でヘマをやらかした？」

「残念」

坂辺は人差し指も離した。親指と手の平だけで全体重を支える格好になる。

「どうした、藤永。黙るなよ。あと一回チャンスがあるんだぜ。有効に使ったらどうだ」

そうは言われても、もう下手に口を開くわけにはいかなかった。

やめろ、頼むから。そんな掠れた声を絞り出し、一歩踏み出したのと、「時間切れだ」の一言とともに坂辺が親指を立てたのは、ほぼ同時だった。

7

一口啜《すす》っただけでグラスを置いた。注《そそ》がれたビールは甘口を謳《うた》った銘柄《めいがら》だったが、この舌には正反対の味にしか感じられなかった。
六月四日の夕方――。繁華街《はんかがい》の飲食店を会場に、予定どおり県警陸上部の反省会が開かれていた。

その席で、藤永は雁屋に、昨日、坂辺が飛び降り自殺をしたことを報告した。

「聞いたよ。残念だったね」

沈んだ声で短く応じたあと、雁屋は視線を伏せた。以後、この件について彼が言葉を重ねる気配はなかった。

会が終わったあと、雁屋が飲食店前の往来を指さした。

「ここで、少し走ってみてくれないか」

人目が多いので戸惑ったが、歩道を十メートルばかり、雁屋に教えられたとおりのフラットフォームで走ってみせた。

元の場所に戻ると、雁屋は言った。「その走り方はきみには向いていないようだ。大会も終わったことだし、以前のフォームに戻した方がいい」

「そうします」

「きみには才能がある。次の指導者に、しっかり育ててもらうことだ」

「……それは、どういう意味です？」

「わたしは、今日かぎりで県警のコーチを辞《や》めさせてもらう、という意味だよ」

「本当ですか」

「ああ。いろいろ事情があってね」

雁屋の背中を見送り、官舎に戻ると、まずやったのは、ここ数日間触っていなかったノートパソコンを開くことだった。

薄々予感したとおり、死んだ坂辺からメールが来ていた。取材で会った日、二人並んで撮った写真が添付されている。

その写真を液晶画面に表示し、坂辺の顔をアップにしたとき、部屋がノックされた。やってきたのは仁井田だった。CDなのかDVDなのか定かではないが、手には薄型のケースに入ったデータの記録用らしきディスクを一枚持っている。

仁井田はパソコンの画面に目を留めた。「気の毒だったな」

「まるで見当がつきません」藤永は、室内に干してある灰色のTシャツを見やった。「あいつが、なぜ突然あんなことをしたのか」

昨日からずっと自殺の動機を考えているが、友人として思い当たることは一つもなかった。

「追い詰められていたからさ。人は、追い詰められて、もう逃げられないと悟って観念したとき、自分で死を選ぶもんだ」

「何に追い詰められていたというんですか」

仁井田は答えなかった。

「ところで先輩、雁屋監督が、もう辞めるそうです。聞いていますか？」

「初耳だ。だが、予想はしていた」

「優勝できなかったのは、自分の指導法が間違っていたせいだ。だから責任を取って辞める——ということでしょうか」

「それは少し違うな」

「……と言いますと？」

「これを見れば分かる」

仁井田は、持っていたディスクを差し出してきた。盤面に書かれている文字を読んだところ、どうやら大会のテレビ中継映像が録画してあるようだった。

そのディスクを受け取り、ノートパソコンに入れた。坂辺の顔の上に重なるかたちで動画プレーヤーが起動し、大会の様子が流れ始める。

やがて画面に自分の姿が映った。大会用にと雁屋に指導されて身につけたフォームを、この目で客観的に見るのは初めてだった。

「自分のフォームを見て、何か気づいたことはあるか」

仁井田の問いに、藤永は頷いた。肘を左右に揺らす腰高のフラットフォーム。それは、高校時代に見た坂辺の走り方と同じだった。

「このフォームで走るよう、雁屋さんに言われたんだよな」

「ええ」

「おかしいと思わないか。いくらコースに合った走り方とはいえ、大会本番が近くなってから選手のフォームをいじるというのは」

たしかに、普通はやらないことだ。

「なぜ雁屋さんが、そんな不自然なことをしたのか、考えてみたか」

首を横に振るしかなかった。

「アケボノ製鞄に勝たせるためだよ。あの人は県警チームを裏切ったんだ。だから責任を取って辞めたのさ」

その言葉に唖然《あぜん》としていると、仁井田は続けた。

「もう一つ、おまえに考えてほしいことがある。いつもは踏ん張りのきかない野々村が、一昨日に限って、なぜあれほど頑張れたか、ということだ」

その点は、仁井田に指摘されるまでもなく、レース終了後からずっと引っ掛かっていたことだった。

「これをよく見てみろ」

仁井田はパソコンの画面を指さした。テレビカメラは、トップに立った野々村を正面から捉《とら》えているところだった。先導する車からの映像だから、坂辺が撮ったものだ。

「どうだ、この表情は」

そう言われて、はっとした。野々村の双眸《そうぼう》が異様な光を湛《たた》えている。それは仁井田が見せる〝鉤針のような〟視線と同じ眼差しだった。

「まるで刑事が犯人を追い詰めるときの目つきですね」

「そうだ。そのとおりだよ。こんな目で睨《にら》まれたら、どんな犯人でも――」

仁井田はパソコンをいじり、動画のプレーヤーを終了させた。液晶画面に、再び坂辺の顔写真が現れる。さらに画像処理ソフトを起動させてから、彼は言葉を継《つ》いだ。

「どんな犯人でも、もう逃げられないと悟って観念するんじゃないか」

「でしょうね」

「それは直接睨まれた場合に限らない。ファインダー越しでも同じさ」

仁井田は画像処理ソフトを器用に使って、坂辺の写真から黒縁眼鏡と口髭《くちひげ》を消し去った。

そこに現れた顔は、野々村の証言によって作られた似顔絵によく似ていた。

8

次の日曜日、午前中に、藤永は河川敷公園に向かった。そこでは今日もアケボノ製鞄による工作教室が開かれる予定になっていた。

子供たちはまだ来ていない。まだ野々村を含めた数人の社員が準備をしている段階だ。

藤永は小走りに野々村へ近づいていった。雁屋には元に戻せと言われたが、フォームは自然と坂辺のそれになってしまっていた。

――坂辺……。

何も死ぬことはなかったろうに。もっとも、坂辺にも娘がいたことを考え合わせれば、自殺を選んだ気持ちも納得できる。家族に合わせる顔がないというのは、たしかに、それから逃れられるなら命を差し出してもいい、というほど辛《つら》い状況だ。

「事件が解決しましたので、ご協力いただいたお礼を言いに来ました」

藤永が頭を下げると、照れくさかったのか、野々村は首筋に手をやり、顎を突き出すようにして礼を返してきた。

「もしお邪魔でなかったら、教室の手伝いをさせてもらえませんか。今日は非番なものですから」

「助かります」

「野々村さん、もうお体は大丈夫ですか」

「問題ありません。完全に回復しました」

野々村は二段式のペットボトルロケットを一つ、試しに飛ばした。

拾いに行こうとする野々村を、藤永は呼び止めた。「本当に百パーセントのコンディションなんですね」

「ええ」

「じゃあ、あのロケットが落ちたところまで、ぼくと競走してもらえませんか。手加減はいっさいせずに」

「……いいでしょう」

二人で同時に駆け出した。藤永は野々村より先にロケットまで辿り着いた。

「やっぱりぼくの方が速いようですね」

失礼ですが、あなたがぼくに勝てるのは、この前の大会一度きりですよ――その台詞は口に出さず、心の中で呟《つぶや》くに留《とど》めておいた。

県警の陸上部には、駅伝で負けて職を失う人間は誰もいないが、民間の中小企業は違う。アケボノ製鞄の駅伝部は、崖っぷちに立たされていた。先日の大会には、野々村たちが解雇されるかどうかがかかっていた。

彼らの生活を守らなければ――そう雁屋が考えたのは、自らも中小企業の経営者として苦労を重ねてきたせいだろう。

そのためには、どんな手を使ってでも優勝させるしかない。そこで、一か八かの手を打った。

雁屋は、アンカーとして勝負の鍵を握っている野々村に、競技をさせないことにしたのだ。そして、代わりに犯人を追わせることにした。

野々村は、走って逃げる犯人の後ろ姿について証言した。それを聞いた雁屋には、そのフォームが坂辺のものであることが、すぐに分かったのだろう。

そこで、おれに坂辺の真似をさせた。

レース本番、おれの後ろ姿を見た野々村は思った。もしかしたら前を走っているやつが犯人ではないか、と。

その瞬間を境に、野々村の頭から駅伝大会など半《なか》ば吹き飛んだに違いない。彼は必死の思いで、普段以上の力を出し、おれに追いついた。

サングラスを外したおれの顔を見て違うと悟り、いったんは急にペースダウンしたものの、先頭に並べば見えるものが、もう一つだけあった。

前を行く中継車だ。そこに野々村は、今度こそ本当に犯人の顔を見た――。

藤永は、落ちていたペットボトルロケットを拾い上げた。

まるで、このロケットのように、二段式の推進力を用いて、雁屋は野々村に実力以上の力を出させた。結果、アケボノ製鞄を優勝させ、何人かの従業員の生活を救ったのだ。

ロケットは、羽根の部分が壊れてしまっていた。

ペットボトルに付着した汚れを払いながら、藤永は野々村に訊いた。

「どこにありますか？　ガムテープは」

第四章　苦い確率

1

夕闇の中に【パチンコPLUS堀手中央店《ほりで》】の看板が見えてきた。

五木敬真《いつきけいま》は片手でハンドルを切り、だだっ広い駐車場に車を乗り入れた。

店には入らず、裏手にある景品交換所へ向かう。

従業員用の入り口をノックした。斜め上を仰《あお》ぎ監視カメラの方を見やると、待つほどもなくドアが開いた。

顔を覗《のぞ》かせたムンディは、細い煙草《たばこ》を口から垂《た》らすようにして銜《くわ》えていた。

「邪魔するよ」

そう声をかけても、ラオス生まれの五十女は返事をしなかった。代わりに不機嫌そうに厚い唇の端から煙を吐《は》き出し、何の用かと目で問うてくる。

「入れてくれないか。金を持ってきた」

十畳ほどの広さがある室内は、その一角がライター石やら香水やらの箱で占拠《せんきょ》されているため、かなり狭《せま》く感じられた。

目立つのは、神棚の横に飾ってある提灯《ちょうちん》だ。景品交換所と暴力団の結びつきは昔から根強い。この「替え場」も、多くの例にもれず、経営しているのはヤクザ組織だった。【羽黒陵雲会《はぐろりょううんかい》】。相撲《すもう》文字というのか、太い毛筆の字体で提灯に書かれた文字にはそうある。

その提灯に向かって、五木は一礼した。

「丑倉《うしくら》組、営業部長の五木敬真です。平素はお世話になっております。本日もよろしくお取り立てのほどお願い申し上げます」

陵雲会の下部組織に属する者なら、一日一度はかならず行なわなければならない口上だった。くだらないしきたりだが、怠《おこた》ったことがバレると面倒くさいことになるから、省《はぶ》くわけにもいかない。

視界の隅《すみ》に、ニコチンの脂《やに》で黄色くなったムンディの指先が入ってきた。

彼女の方へ向き直り、輪ゴムで縛った一万円札二十枚を、皺《しわ》の目立ち始めた手の平に載せてやった。野球賭博で作った借金だった。あちこち駆け回って、やっと作った金だ。踏み倒して逃げようなどとは、一瞬たりとも考えはしなかった。陵雲会が放つ追い込み部隊の執拗《しつよう》さには、この業界でも定評がある。

「集金の手間を減らしてやったんだ。茶の一つぐらい出てくるのが普通だと思うがな」

女ノミ屋は短く鼻を鳴らした。「どうせ何かのついでだろ、あんたがここへ来たのは」日本に来て四半世紀になるムンディの日本語からは、もうほとんど東南アジア訛《なま》りが消えている。

「これからどこへ行くんだい」

問い掛けと一緒に、女は机の上にあった小皿を差し出してよこした。皿に載っているのは皮の剝《む》かれたピーナッツだった。

「倉庫だ。百貨店横の」

答えながら、五木はピーナッツの皿をやんわりと押し返した。こんなものを口に入れたら、アレルギーのせいで卒倒する羽目《はめ》になる。その点は、組の連中には伝えてあるが、この女にはまだ教えていなかった。

ムンディはピーナッツを自分の口に放り込み、「何しにさ」と問いを重ねてきた。

その質問には首を横に振ることで応じるしかなかった。なぜそこへ行かなければならないのか、自分も知らなかった。専務の和久井《わくい》に呼び出されたのだが、用件までは教えてもらっていない。

ムンディは慣れた手つきで札の枚数を数えたあと、まだ半分ほど残っている煙草を灰皿に押し付けた。

「今夜の試合は、どうするつもりさ」

今日は八時から、WBA公認の世界バンタム級タイトルマッチが行なわれる。安積伸士《あづみしんじ》という若手の成長株が、フィリピンのベテラン、ペドロ・アジャフロアに挑戦する試合が組まれているのだ。

「やらなくてどうするんだ」

そう答えると、ムンディが事務机に手をやった。そこから何やら光るものを取り上げる。パチスロ用のメダルのようだった。表側には店名を表すPLUSの文字が、裏面には経営している会社の社章らしき鳥のマークが彫《ほ》ってある。

「ギャンブルにはね、必勝法があるんだよ。知りたいかい」

「別に」

「下手な強がりはやめときな。人生を台無しにするだけだから」

ムンディの手がメダルを放り投げた。手の甲で受け止め、それをもう片方の手で覆《おお》い隠す。

「表か裏か。当たったら教えてあげるよ」

裏と答えた。

ムンディが被《かぶ》せていた手をどける。PLUSの文字に天井の蛍光灯が鈍《にぶ》く反射した。

「今回はやめときな。最近、あんたのくすぶり方は相当なもんだよ」

「ほっとけ」

「この前だって、車にはねられたんだろ」

ムンディはこっちの左肩に視線を当ててきた。狭い道路を歩いているときに、後ろから来たトラックにぶつけられて骨折したのは、一カ月前のことだ。昨日、ようやく三角巾《さんかくきん》を取ることができたばかりだった。

「もう大丈夫なのかい。痛くないの？」

「日によって違う。今日は調子が悪い方だ。まあ、この怪我《けが》のおかげで便利なこともあるけどな」

「どんなさ」

「天気予報ができる。そろそろひと雨来るはずだ」

病傷部は気圧の変化を敏感に察知するものだ。この肩が痛むときは決まって天気が崩《くず》れる。

突然、事務所内にユーモレスクのメロディが鳴り響いた。ムンディが、羽織《はお》っていたカーディガンのポケットからスマートフォンを取り出した。賭けの注文が入ったようだ。立ったままの姿勢で、事務机に広げた帳面に向かってボールペンを走らせていく。ラオスにいた頃に使っていた文字の名残《なごり》か、ムンディの書く平仮名にはずいぶん丸みがある。

「とにかく、運気が下がっているときはね、下手に動かないことさ」通話を終えても、彼女はまだペンを動かしていた。「家でじっとしているのが得策なん――」

「組長はどっちに賭けたんだ」

言葉を被せるようにして訊《き》くと、ムンディは手を止めた。顔を上げ、何度か瞬《まばた》きを繰り返す。「……何の話さ」

「とぼけるなって。教えろよ。うちの親父だ。どっちに賭けた」

丑倉も、今日のタイトルマッチで、大きな賭けに打って出るらしい。そんな噂《うわさ》を耳にしていた。

組長本人は必死に隠しているようだが、どうやら組織の経営はもう破綻《はたん》しているようだ。丑倉組が扱う業務は、表向き、中古タイヤの販売だった。フロント企業と言えば聞こえは少しましになるが、実態は羽黒陵雲会から仕事を回してもらっているケチな三次団体だ。

「あんたんとこのボスは、いつも試合開始前のぎりぎりに注文を入れてくんのよ。だから、あたしもまだ知らないの」

「そうか。――おれはペドロに百万円賭ける」

「やめておきなって。よけいなお世話だけどね、あんた、もうカラッケツなんだろ」

「ペドロだ。百万。いいな」

普通、ボクシング賭博では、一ラウンドごとの採点結果によって賭けの勝ち負けを決めるのだが、陵雲会のやり方はもっと簡単だった。すなわち試合に勝った方の選手に賭けた者が勝ちとなるのだ。

またユーモレスクの旋律が流れた。

――これだから依存症は手に負えないんだよ。

ムンディが小声で毒づきながら、パチスロ用のメダルを放り投げてよこした。

ニッケル鍍金《ときん》を施《ほどこ》したメダルだった。鉄ではなく真鍮《しんちゅう》製らしく、他店のものより重みがあった。左手で持つと、肩がわずかに疼《うず》いた。

2

雨は、倉庫に向かう途中で弱く降り出してきた。

ワイパーのスイッチを入れたいが、左腕は痛くて動かせない。次の赤信号まで待ち、車を停めてから、ハンドル越しに右手を使ってワイパーレバーを上げた。

倉庫に着いたころには、陽はもう完全に没していた。

道路を一本隔《へだ》てた東側に、七階建てのビルが見える。時世堂百貨店だ。ビルの外壁には大きな時計が設置してあった。洒落《しゃれ》たデザインの盤面であるうえに、それがライトアップされるようになっているから、日没後でも利用できる便利な代物《しろもの》だ。

その時計は、現在の時刻を午後七時だと告げている。

倉庫前の駐車場には、一台のタクシーが停まっていた。

いまちょうど、その後部座席から、一人の男が盲導犬に手を引かれながら降りたところだった。市谷《いちたに》だ。髪は縮《ちぢ》れていて肌の色は浅黒いから、一見して日本人とは思えないことがある。

こっちも車を降り、市谷に近づいていった。

「おまえも呼ばれていたのか」

声をかけると、丑倉組の業務部長は顔ではなく片耳をこちらに向けてきた。

「……五木か？」

白内障の手術中に地震が起きる。そんな不運に見舞われた患者は、世の中を見渡してみてもそう多くはいないだろう。埋《う》め込み途中の人工レンズが瞳孔《どうこう》を傷つけ、市谷のオペは失敗に終わった。右目はほぼ機能を失い、左目はまだ手術ができないままでいる。

盲導犬が警戒するように、やや姿勢を低くした。ゴールデンレトリバーだ。体高は七十センチほどもあるか。

しゃがんで撫《な》でてやると、盲導犬は、洞穴《どうけつ》の底から響いてくるような低音で喉《のど》を鳴らした。

「やけにでかい犬だな。こんな図体じゃあ、扱いづらいだろう」

「ああ。おかげでいま、二人分の運賃を取られた」

冗談ともつかない口調で言い、市谷は去っていくタクシーへとサングラスを向けた。

「ヤクザからふんだくるか。度胸のいい運ちゃんだ。スカウトしたらどうだ」

あらかじめ和久井から渡されていた鍵を使い、倉庫のドアを開けようとしたが、施錠はされていなかった。もう誰かが中にいるらしい。

内部に足を踏み入れると、古タイヤのゴム臭が固まりになって押し寄せてきた。

倉庫の一角には、ソファが一脚と、ガラス製のテーブルが設置してあった。ソファはところどころが擦《す》り切れ、中のウレタンが盛大に顔を覗かせている。テーブルには白い黴《かび》が浮いていた。

壁に三十センチ間隔《かんかく》ほどの棚が設《もう》けてあるのは、この倉庫が以前、『エックス』とかいうドラッグストアの店舗として使われていたからだ。

少し離れた場所にビールケースが積み上げてあり、上には古ぼけたブラウン管テレビが載せてあった。テレビの隣では、小型の冷蔵庫が低い唸《うな》り声を上げている。

五百ワットの低スペック機とはいえ電子レンジまで揃《そろ》っているから、あとはスポーツ新聞でもあれば、一応は退屈せずにすむ場所だ。

ほとんど盲目に近い市谷を、ソファに座らせてやった。

こっちは手近にあった木製の椅子《いす》に腰を下ろし、酔い止めを口に放り込んだ。タイヤの保管倉庫など、人が立ち入る場所ではない。五分も留《とど》まっていると、悪臭で吐き気がしてくる。

換気をしたかったが、この倉庫には窓がなかった。元々はあった。しかし、いまは分厚い鉄板で塞《ふさ》がれている。ときどき陵雲会の幹部が密造拳銃の取り引きに使っている場所でもあるから、万が一にでも部外者に覗かれるわけにはいかないというわけだ。

足元で腹這《はらば》いになった犬の背に手を当てながら、市谷が口を開いた。「経理部長はまだか？」

「なんだ、寒川《さむかわ》も来るのか」

「そのはずだ」

「わたしなら、ここにいるよ」

甲高《かんだか》い声と一緒に、タイヤラックの陰から電動車椅子が現れた。

「ちょっと商品の観察をしていたんだ。溝《みぞ》をよく見てみると、いろんな模様があって、けっこう面白いね」

寒川は、三年前まで私立大学工学部の講師として教壇に立っていた。医者の息子として生まれたものの餓鬼《がき》の頃から素行が悪く、フリースクールすら毎日サボっていたこっちとは大違いのインテリだ。ただ、台風シーズンに外を歩いたのがいけなかった。工事現場から飛んできた建設資材が、運悪く彼の足を直撃した。

もったいないことをする男だ。複雑骨折の痛みに耐えかね、薬物に手を出したりしなければ、まだ陽の当たる場所にいられたはずなのだが。

「シャーロック・ホームズっていう探偵がいるだろう。彼は自転車のタイヤ痕を四十二通り知っているらしいよ。それに挑戦しようと思ってね」

昔取った杵柄《きねづか》というやつか。身を持ち崩し、裏社会の末端で糊口《ここう》をしのぐようになってもなお、探究心は旺盛《おうせい》のようだ。

「どうやってここまで来たんだよ」

市谷が盲導犬の頭を撫でながら問い掛けると、寒川は電動車椅子のジョイスティックを前に倒し、こちらへ近づいてきた。

「いまは介護タクシーっていう便利なものがあって、車椅子のままでも乗れるようになっているんだけど」

「おい、そんなことより腹が減っていないか」

五木は冷蔵庫を開けた。庫内にはピザの箱が入っていた。『グルメ地中海』――箱に印刷された店の名前は、近くにある宅配ピザ屋のものだった。Sサイズが四つだ。

昼の間、この倉庫でアルバイトをしている若い連中がいる。夜になって組の幹部が倉庫を使う場合は、何か食い物を準備しておくよう彼らに命じてあった。

箱を開けてみると、四つのピザはみな違う種類だった。マルゲリータにオルトラーナ。それからカプリチョーザとマリナーラだ。

「待ってくれ」鼻をひくつかせながら寄ってきた他の二人を手で制した。「悪いが、まずおれに選ばせてくれないか」

モッツァレラチーズ、パプリカ、トマト、バジル……。ピザの具を念入りに確認していく。うっかりピーナッツを食べたらえらいことになる身だ。何かを口に入れる前は、しっかりと材料を確認しておかなければならない。

結局、マルゲリータを選んだ。

三人分のピザを順番に電子レンジで温め直してから、市谷と寒川に訊いてみた。「どうして専務はおれたちを集めたんだ?」

営業、業務、経理。丑倉組の部長三人が招集されたわけだが、その用件についてはまだ見当がつかなかった。

「このご時世だ。大方これの話だろうね」

指で自分の首を切る仕草をしてみせた寒川は、市谷の目がどんな状態であるかを思い出したのだろう、すぐに「リストラじゃないかな」と言葉で付け加えた。

「冗談じゃねえ。こっちの目はこんなざまだぜ。いま放り出されたら、どうやってシノいでいけるってんだ」

齧《かじ》りかけていたピザから歯を離し、市谷がそう声を張ったとき、

「待たせたな」

痩《や》せた背の高い男が倉庫の入り口に姿を見せた。和久井だった。ホルモンのバランスが悪いのだろう、顎《あご》のまわりに鬚《ひげ》がまったく生《は》えていないため、今日も気味が悪いくらい生白い顔をしている。

3

一人掛けのソファに座った和久井に、寒川が冷蔵庫を手で指し示した。

「ピザがありますが、専務もお一つどうです」

和久井は蠅《はえ》でも追っ払うように手を振り、その申し出を一蹴《いっしゅう》した。

「テレビを点《つ》けていいですか」

五木は伺《うかが》いを立てた。地上アナログ放送の終了を三年後に控え、液晶テレビが主流になったいま、化石となりつつあるブラウン管型だが、壊れてはいないから視聴することはできる。

「何を見たい」

「これですよ」両の拳《こぶし》を胸の前に揃え、ファイティングポーズを取ってみせた。「タイトル戦です」

「まだ前座の試合だろ」

「だけど、放送はもう始まってます」テーブルの上にあったリモコンに手を伸ばした。

「賭けてるのか」

こっちが頷《うなず》くと、市谷も寒川も首を縦に動かした。ボクシングに限らず、野球の日本シリーズや大相撲の千秋楽など、スポーツの大一番で賭博に興じない者など、自分の知り合いにはまずいない。

「どっちに張った」

「ペドロです」

「市谷と寒川は？」

二人の返事は「安積です」だった。「何せ地元出身ですからね、そりゃあ応援したくなりますよ」

「じゃあ結果が気になるだろうが、まだテレビは点けるな。黙って座ってろ」

リモコンから手を引っ込めるしかなかった。

「ところで専務、今晩の用件は何です」

市谷の問いに、

「これだ」

和久井は小さな物体を二つテーブルの上に置いた。サイコロだった。

それが何か分からず、サングラス越しの視線を宙にさまよわせた市谷に、寒川が耳打ちをしてやった。「ダイスだよ」

二つとも、いかさま防止のため、透明に作られていた。転がりやすいよう、角が少し丸くなっている。どの面も重さが均等になるよう精密に作られた「プレシジョンダイス」というやつだった。

「おまえらにはこれから、これを振ってゲームをしてもらう」

初めに数字を一つ決める。次に、二つのサイコロを同時に投げる。そして、出た目の和が最初に決めた数字と同じになればよし、というルールだ。例えば「2、3」の目なら、足して5だから、最初に5が出ると宣言していれば上がりというわけだ。一回ずつ振っていき、一番早く一致させた者が上がりとなる——そう和久井は早口で説明した。

寒川が「5」。市谷が「8」を宣言すると、和久井の目がこっちに向けられた。

「五木、おまえは？　よく考えて選べよ」

「もう一つ質問してもいいですか。賞品は何です？　このゲームに勝ったら、何がもらえるんですか」

「黙って振れ。これは親父の命令だ」

「……すみません」

五木は「6」と答えた。

何度か振り、最初に的中させたのは寒川だった。

車椅子の経理部長は指を鳴らした。「わたしの勝ちですね。——専務。さあ教えてください。賞品は何ですか」

「待ってろ。いま出してやる」

和久井は持参したアタッシェケースを開けた。そこから取り出したのは一枚の用紙だった。標題部には「退職届」と印刷してあった。

寒川がすっと鼻から息を吸い込み、身動きを止めた。その気配を察知したらしく、「どうした」

市谷が小声で訊いてきた。「賞品」が何であるかを耳打ちしてやったとき、盲導犬が舌を出して口のまわりを舐《な》めた。その音がやけに大きく聞こえたのは、市谷も息を詰《つ》めたせいだった。

「お言葉ですが、何か勘違いをなさってはいらっしゃいませんか」寒川は唇を震わせた。

「わたしは勝ったんですよ、いま」

「勝ったんじゃない。上がっただけだ」

たしかに、先の説明で和久井は「勝ち」ではなく「上がり」という言葉を使っていた。

寒川は自分の指先を自分の胸元に突きつけた。「……馘首《クビ》ってことですか」

「たぶんそうなる。とにかくその紙にサインしておけ。書くものは持っているだろう。なかったら貸してやる」そこでいったん言葉を切り、和久井は視線をこっちに向けてきた。

「市谷、五木、何をしている。誰がもう終わりだと言った」

「嫌ですよ」市谷が風船から空気が抜けるような声を出した。「おれは、帰らせてもらいます」

「そうかい」

和久井は、ベルトのバックルあたりに、右手をゆっくりと差し込んだ。そこから重そうに引き摺《ず》りだしたのは黒い金属の固まりだった。

平たいオートマチックなら分かる。しかし、和久井がベルトに差していたのは、ぼってりとした厚みのあるリボルバーだった。リボルバーならホルスターを用いるのが普通だ。ところがこの男はベルトに無造作《むぞうさ》に突っ込んでいた。何はともあれ、彼の手に握られているのはコルトパイソン357に違いなかった。

和久井はシリンダーをスイングアウトし、一発だけ弾を装塡《そうてん》した。

「市谷、口を開け」

「……何をするつもりです？」

「聞こえなかったか。こうしろと言ったんだ」

和久井は、顔を市谷にぐっと近づけてから、口を「あ」の形に開いた。

市谷がおずおずとそれに倣《なら》う。粘《ねば》ついた唾液《だえき》が上下の唇に数本の糸を引いていた。

「ちょうどよかったよ、市谷。最近、陵雲会の幹部からこれをもらったんでな、試し撃ちをしてみたいと思っていたところだ」

和久井は、市谷の口蓋垂《こうがいすい》に向けてコルトパイソンの狙《ねら》いを定めた。

市谷は、息を不規則に吐き出しながら顎をそらせた。ほとんど視力を失った両目を、剝くように見開いている。その様子が、サングラスと顔の隙間《すきま》から窺《うかが》い知れた。

盲導犬がさかんに吠《ほ》えたてる中、寒川を見やると、彼は車椅子の肘掛《ひじかけ》を、腕が小刻みに震えるほど強くつかんでいた。

かまわず和久井はトリガーにかけた指に力をこめた。その動きには躊躇《ちゅうちょ》がなかった。ハンマーが起き、がちりと音を立てる。しかし銃口が火を噴くことはなかった。弾《たま》は偽物だったらしい。

「本物も用意してある。サイコロが嫌なら、ロシアンルーレットってやつで遊んでもらうことになるが、それでもいいんだな」

「……いえ。振らせていただきます」

和久井が頰《ほお》を強張《こわば》らせて笑い、拳銃を戻しかけたとき、がたん、と音がした。

同時に、五木は自分の尻がいきなり下の方に沈み込んだのを感じた。座っていた木製の椅子の脚。それがいきなり壊れたのだ。

笑い声は一つも起きなかった。脅《おど》かすな――和久井が小さく毒づいただけだった。

「失礼しました」

五木は、代わりにそばに転がっていたスツールを引き寄せ、それに腰を下ろした。

二回戦では、市谷が「6」と宣言した。こっちは「7」を選んだ。

「よく考えて選べって」

和久井が先ほどと同じような言葉を繰り返した。

やっと気がついたのは、このときだった。

出た目の和が6になる場合と7になる場合は、一見すると同じ割合で起こるように思われがちだ。だが、違うのだ。

仮に二つのサイコロに名前をつけ、サイコロAとサイコロBとしてみれば、少しは分かりやすくなるかもしれない。AとBの出目《でめ》を「A、B」と表せば、二つの合計が6の場合、出目のパターンは「1、5」「2、4」「3、3」「4、2」「5、1」の五つだ。これに対し、合計が7の場合は「1、6」「2、5」「3、4」「4、3」「5、2」「6、1」で六パターンある。

いまは頭が混乱していて深く考えられないが、パターン数が一つ多いということは、6よりは7の方が出やすいということではないのか――。

「……すみませんが、専務」

「どうした」

「予想を変えてもいいですか」

「もう遅い」

最初の三回は二人とも一致しなかった。四回目も市谷は外《はず》したが、こっちが出した目は「3と4」だった。

「いままでご苦労だったな、五木よ」

和久井が、さっきと同じ用紙を突きつけてきた。全身を悪寒《おかん》が駆け抜けていったのは、それを受け取った直後のことだった。

和久井が携帯電話を取り出し、誰かと通話を始めた。敬語を使っているから、相手は丑倉なのだろう。いまのゲーム結果を伝えている。

耳鳴りが起きたせいで、その声が次第に聞こえなくなっていった。目眩《めまい》も酷《ひど》い。両膝《ひざ》に手をつきながら、どうにか五木は立ち上がった。足がふらついてならなかった。

「どうしたんだ?」

誰かが声をかけてきたが、答えられなかった。口から出てきたのは、妙な唸《うな》り声だけだった。

タイヤラックに手をつきながら、倉庫の奥へと這うように歩を進めていった。いままでいた場所とは反対側の隅に設けられたトイレ。そのドアを押し開け、鏡に目をやる。

別人がそこにいた。

自分の顔には違いなかった。しかし顔相が一変していた。目蓋《まぶた》が驚くほど腫《は》れ上がっている。目からは涙がこぼれ落ち、鼻水もだらりとぶら下がっていた。

震えがますます激しくなった。痙攣《けいれん》を起こした両腕が、勝手に空中をかきむしってい
る。

全身から脂汗が噴き出してきた。風邪をひいた時の症状に似ていた。頭の中がぐるぐる
と回っている。絞《しぼ》った雑巾《ぞうきん》のように、体が勝手に捩《ねじ》れた。

膝が折れた。タイルの冷たさに、背中が勝手に丸まった。

「発作か」

「何かの禁断症状じゃないよね」

薄くなっていく意識の中で、市谷と寒川もトイレに入ってきたのが分かった。

「薬か何か持っているんじゃないのか。調べろ」

これは和久井の声だった。こっちが着ている服のポケットを、あちこち弄《いじ》っているのも
彼の手かもしれなかった。

4

気がつくと、ソファに寝かされていた。

霞《かす》む視界の中で、ブラウン管テレビの画像が動いている。映っているのは半裸の男が二

人だ。

ＷＢＡ世界バンタム級タイトルマッチ。画面の右上には、そうテロップが表示されている。右下に出たラウンド数は「９」となっていた。

安積がペドロをロープに押しつけ、ショートを連打している。だがペドロはクリンチワークが巧《たく》みだった。安積が放った右のストレートは完全に殺されていた。

攻勢に転じたペドロが安積にワンツーを浴びせたところで、九ラウンド目の終了を告げるゴングが鳴った。

上半身を起こすと、和久井がこっちに目を向けてきた。「どうだ、具合は」

「吐き気はおさまりました。顔は、まだ腫れていますか?」

「ああ。だいぶましにはなったけどな。――さっきグルメ地中海に問い合わせてみた。マルゲリータにだけは、ピーナッツの粉末を振りかけてあるそうだ。隠し味だとよ」

よりによって、そいつを選んでしまったわけだ。どこまでついていないのか……。

「パッケージをよく読め。材料の欄《らん》に、ちゃんとピーナッツも書いてあったぞ。ちっこい字だったけどな」

「ご面倒をかけました」

頭を下げた拍子《ひょうし》に思い出した。たしか、退職届へのサインを強要されたはずだ。

用紙をテーブルの上に捜した。ところが、なくなっていた。よく見ると、それはいま市谷が手にしている。

「おれのだ。返せ」

市谷の方へ伸ばした手は、だが、和久井に遮《さえぎ》られた。

「いいんだ。たしかにいったんはおまえを辞《や》めさせるつもりだったが、事情が変わった。ゲームに勝ったのは、五木、おまえだ」

「……どうしてですか」

「いいから、もうしばらくのあいだは大人しく」和久井はテレビの方へ顎をしゃくった。

「こいつを見物していろ」

ブラウン管の中では十ラウンド目が始まったところだった。

相手の左ガードが不十分だと見たのだろう、ペドロは、執拗《しつよう》に右のアッパーカットを安積の顔面に入れようとしている。だが動きは完全に読まれていた。

安積がフェイントをかけてから左フックを放った。そのパンチはペドロの横っ面《つら》に炸裂《さくれつ》した。フィリピン人のチャンピオンは膝から真下に崩れ落ちた。

セコンドに抱かれながら天井に向かってグローブを突き上げる安積の姿に、百万円の札束が重なった。これから先のことがまったく考えられなかった。

テレビを切ると、和久井は市谷と寒川の方へ向き直った。「手に持っている紙を破け」

「……いいんですか」

「早くしろ。破いたら屑籠《くずかご》に捨てろ」

二人は戸惑《とまど》う様子を見せながらも、同じタイミングで縦に破き、紙片を重ねてからまた二つに引き裂いた。紙屑になった退職届は、寒川が市谷の分も回収し、隅に置かれた屑籠の方まで捨てに行った。

寒川が戻ってくるのを待ち、和久井は立ち上がった。「出掛けるぞ。ついて来い」

四人が一列になって倉庫から外へ出た。雨はもう上がっていた。

市谷と寒川は、和久井が運転してきたワンボックスタイプのバンに乗り込んだ。古タイヤの運搬に使っている社用車だ。後部座席は取り払ってあるし、スロープも積載しているため、寒川は車椅子から降りる必要はなかった。

五木は自分の車で、その後をついていくことにした。

どこへ向かうつもりなのか。とりあえず、陵雲会の事務所と例の景品交換所以外なら、どこでもいい。負け金をどうやって返すか。その算段ができない以上、取り立て屋やノミ屋と顔を合わせるわけにはいかない。

ハンドルを握りながらずっと考えていた。いま倉庫で行なわれた一連の出来事には、どういう意味があったのか。サイコロゲームの正体は何だったのか……。

ワンボックスのバンがその鼻面《はなづら》を突っ込んだ先は、パチンコＰＬＵＳの駐車場だった。

降りる気がせず、車の中に留まっていると、

「何をしている」

和久井がサイドウインドウを指の関節で叩《たた》き、出ろと促《うなが》してきた。

景品交換所に連れていかれた。当然、和久井もムンディとは顔見知りだが、彼は事務所の中には入らず、通常の窓口に立った。通話用のインタホンを通して女ノミ屋と何事か話し始めたが、小声だから内容までは分からなかった。

しばらくして振り返った和久井は手に封筒を三つ持っていた。一つずつ、こちらに放り投げてよこす。

「何です？　これは」

「中身を見りゃ分かる。取っておけ」

こっちが受け取った封筒は、市谷や寒川の倍ほども厚みがあった。

二人を連れ、和久井が立ち去っていった。だが五木だけはその場に残り、二時間前にそうしたように、また従業員用の入り口に立った。

監視カメラを見上げ、人差し指の先を自分の顔に向ける。「この腫れなら気にするな。怪《あや》しいもんじゃない。おれだ。正真正銘、丑倉組の五木だ」

口に出して言ったが、マイクは設置されていないから、いまの声は中にいるムンディまで届いていない。案の定、ドアを開けた彼女は、眉を顰《ひそ》めながら好奇心丸出しの視線をこっちに向けてきた。

何か訊かれる前に言ってやった。「殴《なぐ》られたんだよ」

「誰にさ」

「ピーナッツ」

「そんな面白い冗談、初めて聞いたんだけど」

ムンディを押しのけるようにして、事務所に足を踏み入れた。「食い物には気をつけた方がいいぞ」

「どういう意味さ」

「何でもない」

「だけど驚いたね。あんたはとっくに、飛行機にでも飛び乗っているもんだとばっかり思っていたからさ。もう追い込み部隊は動いているってのに」

彼女が言うには、試合後、さっそく陵雲会の取り立て屋から、五木の居場所を知らないかと電話があったそうだ。

「それとも、できたのかい、返すあてが」

その問いには答えず、五木は、パチスロ用のメダルをポケットから取り出し、宙に放り投げた。手の甲で受け止め、空いた方の手で蓋《ふた》をする。

「どっちだ？　あんたが当てたら一杯奢《おご》ろう。だが外れたら、おれに言うんだ」

「何をさ」

「さっき聞き損《そこ》ねたギャンブル必勝法とやらを」

小さく頷いたあと、ムンディは「表」と答えた。

手をどけた。木にとまった鳥のマークが、なぜか思いっきり羽ばたいているように見えた。

「ツキが変わったみたいだな」

メダルをポケットにしまいながら、さあ、教えてくれと目で促した。

「ギャンブルの必勝法ってのはね……」

――まるでツキのない奴を見つけて、

「まるでツキのない奴を見つけて」

――その逆を張ること。

「その逆を張ること」

ムンディの口にした言葉が、胸中で思ったとおりのものだったことを確かめてから、五木は、和久井から受け取ったばかりの封筒を彼女に差し出した。

「そのとおりのことを実行した人物がいる。ついさっきな」

封筒の中には、今晩作ってしまった借金を一発で帳消しにするだけの金が入っている。

丑倉組長。彼も一か八か今夜のタイトルマッチに賭けたのだ、「必勝法」で。

トラックにはねられた。手術が失敗した。建設資材が飛んできた――丑倉組には、運の悪い目に遭《あ》ったばかりの、まるでツキのない男が三人もいた。そいつらを集め、さらにその中で最もくすぶっている奴を、サイコロを使って見定めようとした。

そいつに今晩のタイトルマッチを予想させるために。

そして、その逆を張るために。

サイコロの「負け抜き戦」を制したのは市谷だった。その結果を覆《くつがえ》し、最も運に見放された奴としてこっちが選ばれたのは、ピザの一件があったからだろう。サイコロで負けるより、アレルギーで死にかける方がもっとツキがない。

市谷や寒川の封筒よりも、こっちのそれがずっと分厚かったのは、貢献度が高かったからというわけだ。

「そういえばさ」ムンディが細い煙草を銜えた。「もうすぐプロ野球の日本シリーズが始まるね。あんたの軍資金はいくらだい」

「これだけだ」

親指と人差し指でゼロを示す輪を作ってみせ、五木はノミ屋の女に背を向けた。

第五章　撫子《なでしこ》の予言

1

五百グラム入りのプロテイン十缶を手分けして抱《かか》え、大学生と思《おぼ》しき若い男の三人連れは、どすどすと足音をたてながらレジから離れていった。

「ありがとうございました。またお越しくださいませ」

三人の後ろ姿に向かって一礼しながら、智久《ともひさ》は手で自分の頬《ほお》を軽く扇《あお》いだ。

ラグビーかアメフトか。どの部に所属しているのか知らないが、三人とも体重は百キロ前後あっただろう。暑苦しい巨漢がいっぺんにいなくなり、それほど広くない店内は急に閑散とし始めた。

午後九時を少し過ぎたいま、ドラッグストア『エックス栄《さかえ》町店』にいる客は、黒い毛糸帽子に銀縁眼鏡《ぎんぶちめがね》といういでたちの若い男性一人だけだ。

男は、歯ブラシを並べた棚の前に立ってはいるものの、商品を選んでいるふうではなかった。代わりに、さっきからやたらと自分の腕時計に視線を落としている。誰かと待ち合わせでもしているのだろうか。

手持ち無沙汰《ぶさた》となり、智久はレジを離れた。

市販薬の棚に行き、客の手が乱していった箱の並びを整え直していく。

しばらくすると入店チャイムが鳴った。

「いらっしゃいませ」

振り返って自動ドアの方へ顔を向けた。入ってきたのはチェック柄のマフラーを巻いた背の高い女だった。その女——七波杏子《ななみきょうこ》は、こっちに目を留めると、ミトンの手袋を嵌《は》めた右手を軽く挙げた。「よっ、智久、調子はどう?」

「おかげさまで、元気にやっております」

しゃちほこ張ったこっちの態度がおかしかったのだろう、杏子は、くん、と小さく鼻を鳴らして笑ってから、ミトンを外し、手を前に伸ばしてきた。

「だらしないね。曲がってるよ」

杏子の手が触れたのは、こっちが白衣の胸につけた【新井《あらい》智久】のネームプレートだった。細くて長い指が、その傾《かたむ》きを直しにかかる。

「すみません。——ところでお客様、何をお探しでしょうか」

いくら恋人でも店の中では客だ。馴《な》れ馴れしい言葉遣《づか》いはきつく禁じられている。

「残念でした。出勤前にぶらっと覗《のぞ》きに来ただけです。何も買いません」

語尾を伸ばし伸ばし言う杏子の声を聞きながら、店の窓を通し、斜向《はすむ》かいに建つ彼女の勤務先を見やった。カフェ『撫子《なでしこ》』のログハウスを模した外観は、角張《かくば》った建物が多いこの商店街にあって、今日もささやかに異彩を放っている。

「そっちは何時まで仕事なの」

今月と来月は午後八時半から翌日の午前四時半までの勤務だ——そう前に教えたはずだが、忘れてしまったらしい。もう一度説明してやってから、ついでに溜《た》め息《いき》を一つ、そっとついてみせた。三月になれば、がらりとシフトが変わり、午前五時から午後一時までになる。生活が不規則になると、疲れが溜まりやすくていけない。

「お客様のお仕事は、何時から何時までででしょうか?」

杏子は飽きずに、またくっと笑った。「九時半から五時半だよ」

「では、あとで寄らせていただいてもよろしいでしょうか」

「好きにして。——話は変わるけどさ、あんた真面目《まじめ》に仕事してんの?」

「しているつもりですが……」

「ほんと? レジの前でボーっとしていること多くない?」

杏子は『撫子』の窓から、ときどきこっちを覗いている。だがそれよりも、こっちが『撫子』の店内に彼女の姿を追っていることの方が、ずっと多いだろう。

芸術系の大学で同期生だった。サークルも同じハンドメイド愛好会に入っていた。レザ

ークラフト、粘土細工、木彫《もくちょう》……。さかんに手を動かしながら、四年間会話を重ねてきた。だが、

――交際してもらえないかな。

その一言を、結局、在学中にはついに言い出せないままだった。

卒業はしたものの、ともに就職がうまくいかなかった。アルバイト先は互いに間近となり、しかも同じ二十四時間営業店だった。そんなよしみを得たことで、初めてようやくその一言を口にできた自分は、どれだけ奥手なのだろう。

「お言葉ですが、わたしは決してサボってなどおりません。お客さま、こちらをご覧ください」

市販薬の棚を指さすと、杏子の顔がそちらに向いた。真横から見ると睫毛《まつげ》の長さがいっそう際立つ。

「これを見て何かお気づきになりませんか」

「……別に。普通の陳列棚だと思うけど？」

「ではお訊《き》きしますが、いまお客様の目に映っているのは、何の薬でしょうか」

「風邪薬でしょ、これ」

「それを買いに来るのは、どんなお客様でしょうか」

「風邪をひいている人じゃない？　普通に考えて」

「では、風邪をひいて元気を失うと、人の姿勢はどうなります？　こんなふうになりはしませんか」

咳《せ》き込む真似《まね》をしながら、猫背になってみせた。

「まあ、そんな感じの人が多いかな」

「背中を丸めると、視線が自然といつもより下の位置にいくことになります」

「そうね」

「ところが見てください。この店では風邪薬の陳列場所は、百五十センチより上の位置なんです。こうなると、ぱっと目に入りづらくなります」

わずかに頷《うなず》き、杏子は腕を組んだ。

「だとしたら、風邪薬の陳列位置をもう少し低くした方が親切ではないか。反対に、この時期あまり売れない水虫薬や虫刺されの薬などは、もっと上の方でもいい。そう陳列し直せば、売り上げも少しは伸びるのではないか。そう思うわけです」

「分かった。疑ったわたしが悪かった。真面目に仕事してるってことは認める。でもね、智久、せっかく気づいたんだから、ちゃんとそれを店長に進言しなきゃ駄目だよ」

「……はい」

そうは答えたが、たぶんしないだろう。してしまえば面倒なことになる。陳列位置の変更などと簡単に言うが、いざやるとなれば、ことは棚全体に及ぶ。けっこうな仕事量だ。

それにこっちの本業はレジ係なのだ。棚の管理は、採用されたときの条件に入っていなかった。

じゃあね。手を振り杏子が出ていった。

同時に、毛糸帽子の男が、手に何やら小さな商品を持ち、こちらに向かってきた。智久は小走りにレジへ戻った。

「いらっしゃいませ。いつもありがとうございます」

いつも――それはまんざら営業用の世辞ではなかった。間近で接したとき、この男が以前にも二、三度、来店したことがあるのを思い出した。

男がカウンターに置いたのは、百五円のガム一個だった。

客の年齢層を入力するときに、一瞬迷った。ぎりぎり十八、九にも見えるが、結局二十代のボタンを押した。

百円玉に五円玉。二枚の硬貨で支払いを済ませ、男はレジを離れた。渡してやったレシートに目を落としながら、出口の方へ歩いていく。

その背中にかけた「またお越しくださいませ」の言葉が尻すぼみになってしまったのは、レジ機の中に釣り銭用の千円札が不足していることに気づいたからだった。

店長に頼んで補充してもらわなければならない。智久はまたレジを離れようとした。

ところがそこへ、先ほどの男が慌《あわ》てた様子で引き返してきた。男は途中で、先ほど買ったものと同じガムを一個つかむと、それを叩《たた》きつけるようにしてレジカウンターの上に置いた。

「これもくれ」

　今度男が出したのは五千円札だった。

「たいへん恐れ入りますが、細かいのをお持ちではないでしょうか」

「ない」

「では、申し訳ございませんが、少々お待ちください」

　頭を下げ、いったんレジを離れようとした。

「おいっ」男の口から出てきた声は怒気《どき》をはらんでいた。「お待ちくださいじゃないんだよっ。こっちは急いでんだっ」

「すみません。では――」店の北側にある、もう一つの出入り口の方を指さした。「あちらにあります二番レジの方へ移動していただけますか」

「ふざけんなっ。早く会計しろ。このレジでだっ」

　しかたなく、ズボンの尻ポケットから自分の財布を取り出した。店に出勤する前に、ATMに立ち寄り、貯金をいくらか下ろしておいて正解だった。皺《しわ》一つない真新しい千円札が七枚ばかり入っている。

　そこから四枚の千円札を男に渡し、残る八百九十五円の釣りはレジから出した。

釣り銭にポケットマネーを使う。そうした行為は当然禁止されているが、男の切迫した様子に気圧《けお》され、ついやってしまった。あとで店長からどやされることは、いまから覚悟しておかなければならない。

二回目の会計を済ませたあと、男は右手を小さく振り上げた。そして何事かを呟《つぶや》きながら、白い紙礫《かみつぶて》をこっちにぶつけてよこした。

——ちゃんと合わせておけ。

男が口にした言葉は、そう聞こえた。意味が分からなかった。「間に合わせておけ」なら、「釣り銭を足りるようにしておけ」と理解できる。だが自分の耳に届いたのは、ただの「合わせておけ」だった。聞き間違えたとは思えない。

去っていく毛糸帽子の後頭部を見やりながら、首を傾《かし》げるしかなかった。

2

『撫子』の扉を引いたとき、一瞬、入る店を間違えたのかと思った。カウベルの音色がいつもと違っているような気がしたからだ。

夜明け前という時間帯にもかかわらず、店内には何人か客がいた。ほとんどが大学生のようだが、ネクタイ族の姿も少し混じっている。

「いらっしゃいませ」

杏子が注文を取りに来た。容姿こそ女らしいが、立ち居振る舞いにどこか男っぽいところもある。そのせいか、撫子の花がプリントされたエプロンを着けた姿には、いつ見ても微妙に違和感を覚えてしまう。

「もしかして、替えた？」

「何をでしょうか」

今度はこっちが、くっと笑ってやる番だった。斜向かいの店同士、言葉遣いに関する規則は同じだ。

「ここのカウベル。いつもと音が違っていたみたいだから」

「お客様は耳がよろしいんですね。以前は銅製でしたが、最近、真鍮《しんちゆう》のものに替えました」

早口の面倒くさそうな説明だった。無駄話はいいから、さっさとオーダーしな。長い睫毛の下で、大きな目はそう言っている。

「今朝のぼくに合うメニューはどれかな。店員さんに選んでほしいんだけど、お願いしてもいい？」

「お飲み物にいたしますか」

首を横に振った。「デザート類を食べたい」

「それでは当店オリジナルのコーヒーパフェなどいかがでしょうか」

「どういうの、それ？」

「モカアイスクリームとチョコレートの上から、生クリームとコーヒーリキュールをかけたものです。さらにその上からバナナとエディブルフラワーを載せてあります」

「エディブル……？」

「エディブルフラワー。食べられる花のことです」

「具体的には、どんな花？」

「いろいろあります。当店では店の名前にあるとおり撫子を使っています」

「それもいいけど、ちょっと寒いな。やっぱり温かいコーヒーにする。二人分ね」

ひと睨《にら》みしてから、杏子は背を向け去っていった。

厨房《ちゅうぼう》には、丸いフレームの眼鏡をかけた女の子がスタンバイしているのが見えた。杏子の次にシフトに入る子だ。時刻は午前五時二十八分。いまのオーダーをマスターに伝えたところで、杏子の当番はおしまいだろう。

昨夜の意趣返しを果たし終え、まずはほっと一息をついた。欠伸《あくび》をし、夜勤明けで充血しているに違いない目をこすりながら、テーブルにティッシュペーパーを一枚広げる。そして、通勤時に持ち歩いているバッグの中から、木彫りのブローチと彫刻刀を入れた箱を取り出した。

印刀、平刀、三角刀。三種類ある彫刻刀のうち、三角刀を握った。雛芥子《ひなげし》の花を象《かたど》ったブローチと向き合い、葉の部分にV字形の刃を当てる。

とにかく怪我《けが》をしないこと。それが彫刻刀を使用するうえで一番の基本だ。普段よりゆっくり刃先を動かすよう心がけ、葉脈《ようみゃく》を彫り込んでいく。

そうやって最後の仕上げをしていると、丸眼鏡の女の子がコーヒーを運んできた。私服に着替えた杏子がやってきて向かいの席に座ったのは、それからすぐのことだった。

「どうぞ」

二つあるコーヒーの一つを彼女の前に滑《すべ》らせてやりながら、口を開いた。「バイトしてるとさ、よく出くわすよね」

「何に?」

「変な客に」

そう言って、白い紙礫をテーブルの上に置いた。

「昨日の夜、うちに来てくれたろ。そのとき店内にいたもう一人の客、覚えてる?」

「毛糸の帽子を被《かぶ》っていた人?」

「そう。そいつにこれをぶつけられた」

紙礫を広げた。それは最初に男に渡したレシートだった。

【12・1・21 21:19 新井智久 X サカエマチ】

平成十二年一月二十一日午後九時十九分に発行された紙片には、レジ担当者の名前も打刻されている。その次に印字されている「X」は店名をアルファベットで表したものだ。

「あんたが失礼な応対でもしたからじゃないの」

「してないって。――でね、そいつから『ちゃんと合わせておけ』って言われたんだけど、どういう意味かな?」

「そんなことより、もっと大事な用事があるんじゃないの」

杏子が手の平を出してきた。

削り出した木屑《きくず》をティッシュの上にそっと払ってから、雛芥子をその手に載せてやった。

杏子に「同棲しないか」ともちかけてみたのは、去年の秋だった。そのとき、彼女の誕生花にちなんだ贈り物を何かしたいと思い、自分で彫った薔薇《ばら》のブローチを一緒にプレゼントしてみた。

――いいよ。

それが彼女の返事だった。

――ただし、わたしが『撫子』のバイトで使えるレベルのブローチが彫れたらね。

そんな条件と一緒に、薔薇をつき返されて以来、向日葵《ひまわり》、花水木《はなみずき》、桜など、いままで合計八回、いろいろな花を彫ってきたが、まだ一つも受け取ってもらえないままでいる。

杏子は雛芥子に視線を落とした。

返事はどうか。拍動が高まり、眠気が失《う》せた。

新しい客が入ってきたらしい。カウベルが鳴った。その音は、ずいぶん遠くから聞こえてきたように感じられた。

やがて杏子はブローチに顔を向けたまま口を開いた。「コーヒー占いって知ってる？」

「いや、聞いたこともない」

「コーヒーを飲んだあとって、カップの底に薄く染《し》みが残るでしょ。その模様を使った占いのことよ」

「言っておくけど、おれはそういうのは信じないよ。去年だって見事に外れたろ、ノストラダムスの大予言ってやつがさ。世界は滅亡せずに、ちゃんとこうして続いている」

「いいから、さっさとカップを空にして、底を覗いてごらん」

全部飲んでから、カップの底に目をやってみた。たしかに、白い陶器の底には、薄茶色の模様ができている。

「その染みの形を月になぞらえてみるの。簡単に言うと――」

満月のように、円《まる》くコーヒーの跡が残っていたら大吉。それが半月の形なら中吉。三日月なら小吉。新月のように真っ暗、つまり染みが残っていなかったら凶。その他の形なら、何が起きるか神様にも分からない。――そう杏子は説明した。

「で、これがわたしの答えにして、あんたの運命」

杏子は、こっちの目の前に置かれたカップの底を指さした。それには、ほとんど染みはなかった。

「どこが駄目なの。詳《くわ》しく聞かせてほしい」

「これは雛芥子を上手くなぞっているだけ。雛芥子を作ってはいない」

「……よく分からないんだけど」

「もう忘れた？」杏子の手が伸びてきて、こっちの頭をコツンと叩いた。「彫刻は現実をなぞるものではない。現実を作るものだ――そうサークルの先輩から何度も教えられたでしょ」

「分かったよ」

カップの底にもう一度新月を見ながら、笑顔を作った。強張《こわば》る頬を無理に吊《つ》り上げ、なんとか笑った。

「そもそも同棲なんてまだ早いって。もうしばらくいいじゃない。このままで」

「……そうだね」

じゃあ。伝票を持って立ち上がった。足に力が入らない。

レジで丸眼鏡の女の子に千円札を渡すと、二十円ばかりの釣りが返ってきた。

外に出た。まだ夜は明けていない。

後ろから杏子もついてきた。彼女とは帰路が同じ方角だ。今日はもうしばらく気まずい思いを抱えていなければならない。

そう思った直後だった。背後で、だんっ、と耳障《みみざわ》りな音がした。『撫子』の扉が勢いよく開けられ、壁にぶつかった音だと分かった。

振り返ってみた。『撫子』の入り口から人影が飛び出してきたところだった。こっちとは反対側へ一目散に、通行人を突き飛ばすようにして走っていく。服装から男であることは間違いなかったが、顔はまったく見えなかった。

すぐあとから『撫子』のマスターが顔を出し、男が逃げた方角へ向かって声を張り上げるかのような仕草をした。泥棒！　そう叫ぼうとしたことは、状況から明らかだった。だが、男が細い路地の方へ曲がって姿を消してしまったため、マスターは無言のまま口をつぐむしかなかった。

杏子と一緒に店内へ戻った。

ほかの客たちが中腰になってざわめいている。お騒がせしてすみません――謝って回るマスターがカウンターの方へ戻ってきたのを捕まえ、何があったのか訊いてみた。

「やられたよ」

マスターはレジを指さした。千円札のポケットが空になっている。その傍《かたわ》らで丸眼鏡の女の子が震えていた。さっきの男に、レジの紙幣《しへい》をつかみ取りされたのだと知れた。

顔を上げると、杏子はレジを見ながら顎《あご》に手を当てていた。何やら考え込んでいる様子だ。

「どうしたの？」

「おかしいと思わない？」

「何が」

「一万円が残っている」

そのとおりだった。犯人は一万円札でも五千円札でもなく、千円札をつかみ取っていったようだ。より高額の紙幣が隣にあったのに、どうしてそちらを狙《ねら》わなかったのだろう……。

ここで杏子がまた、こっちに向かって手の平を差し出してきた。

「見せて」

「何を」

「あんたの財布」

そう言われて、彼女の頭の回転の速さに感心した。いや、自分の鈍《にぶ》さを恥ずべきかもしれなかった。つい先ほどここで千円札で支払いをしたのは自分だ。その千円札を、犯人は持ち逃げしたのだ。だとしたら、事件を引き起こした要因が、こっちの財布に潜んでいるのかもしれない。調べるのが当然だ。

財布を渡してやると、杏子は、中に入っていた千円札を調べ始めた。視線の先を追ってみたところ、どうやら紙幣番号が気になるようだった。

杏子が財布を返してよこしたので、自分でも番号を調べてみた。昨晩、毛糸帽子の男に渡した四千円については、店長に話して補塡《ほてん》してもらえたので、いま千円札は六枚入っている。そのどれにも、おかしな点はない。

番号もばらばらだ。ただし、ATMから下ろした二枚については、いわゆるピン札だから、FH654320R、FH654319Rといった具合に連続していた。

3

バイブレーター式の腕時計が作動する前に目が覚めていた。

隣で寝息を立てているはずの杏子の姿は、だが、布団からなくなっていた。

顔を洗ってから台所へ行くと、彼女はガスコンロの前に立ち、ベーコンエッグを作っているところだった。

壁にかけてある日めくりカレンダーを破り、今日の日付、三月四日にしながら訊いた。

「こんなに早く起きたら、仕事へ行く前に、また眠くなっちゃうだろ」

杏子も相変わらず『撫子』で働いているが、このところはずっと午後五時から午前零時までの勤務だった。

「ご心配なく。睡眠不足には慣れてるから」

テーブルにつき、杏子が淹《い》れてくれたコーヒーを飲んだ。

カップの底にできた残り染みに目をやると、先々月、『撫子』であった一幕が思い出された。一度は断ったものの、あの数日後に同棲を承諾してくれた杏子。彼女を翻意《ほんい》させたものは、いったい何だったのだろう……。

コーヒー占いの結果が新月であることを確認したとき、そろそろ出勤しなければならない時間になっていることに気づいた。

杏子が作ってくれた朝食を急いで腹に詰め、カップを流しに片付け、ダウンジャケットを着込んだ。手袋を捜し、ポケットに手を突っ《つ》込む。そのとき硬いものが指先に触れた。

そうだ。これを渡すのを忘れていた。木彫りのブローチ。十個目の記念作として、これしかないとばかりに選んだ花は撫子だった。

だがその意気込みは、やや空回りしてしまったようだ。先の雛芥子より出来が劣《おと》るように思えてならない。

杏子に渡したあと、彼女の口元へ目をやることはしなかった。表情も見ないようにした。酷評される前にそそくさと玄関に向かうことにした。

これまで渡した九個の、いわば売れ残りのブローチは、リビングの窓際に並んでいる。

靴を履《は》きながらそっちを見やると、いま受け取った撫子を、杏子は無言でその仲間に加えたところだった。

「じゃ、行ってきます」

短く手を振ってドアを閉めた。手袋を嵌《は》める前に、ドアスコープの下に吊り下げた表札を素手で触る。

【七波】――その姓一つだけを大きく記し、下に二人の名前を並べたこの手作り表札には愛着を持っている。杏子が書いた文字をなぞって彫り、溝《みぞ》に墨を流して完成させるまでに要した百二十分弱は実に楽しい時間だった。

――わたしの姓を名乗ってほしいんだけど。

もちろん、なぜだと訊いた。

答えははぐらかされてしまったが、その言葉を同棲の条件として杏子が出してきたことについては納得している。「新井」では平凡で面白みがない。一方、「七波」は字面《じづら》も語感も爽《さわ》やかだ。しかも芸名のような雰囲気があって洒落《しゃれ》ている。

だから、改姓についてはまったく異存はなかったし、こっちの両親も何ら口を挟《はさ》んではこなかった。

それにしても、いつ見ても杏子の字は、男のように力強い。はねる必要のない部分まで、勢いあまってはねている。こういう字を書くのは、「意志や責任感が強く物事を最後までやりとげる人」らしい。何かの本にそう書いてあった。杏子の性格を思えば、あながち的外れな記述ではないだろう。

新居から職場までは歩いて五分程度の距離だ。自転車を使うまでもない。

『撫子』の前を通るときは、いつも窓から店の中を覗いていくことにしていた。相変わらず繁盛《はんじよう》しているようだ。まだ午前五時前だというのに、今日も店内には客の姿がちらほらと見受けられる。

レジスターの向きを変えたのは、一月の事件を受けてのことだ。それまでは、客にレジ機の側面が見えるように置いていたが、いまでは裏面を向けるようにしてある。防犯上は、その方がずっと無難だ。これであとは、逃げた犯人が捕まりさえすれば言うことはないのだが。

道路を斜めに渡り、エックス栄町店の正面ドアから店に入った。正面入り口の横に、俗にいう「ガチャポン」が一台置いてあるのは、ここが去年まで『ガジェットハウス』というゲームソフト店だった名残《なごり》だ。

バックヤードにあるロッカーで白衣に着替え、売り場に出る。

レジの表示窓に自分の姿を映した。【新井】から【七波】に姓の部分が替わったネームプレート。それが少しも傾いていないことを確認する。

正式に結婚したわけではない。あくまでも同居どまりだ。にもかかわらず改名を承諾してくれた店長には、いまでも感謝している。

見覚えのある姿が入店してきたのは、午前五時を少し過ぎたときのことだった。

黒い毛糸帽子の男だ。先々月と同じように、レジ前に来た彼がカウンターの上に置いたものは、百五円のガム一個だけだった。

会計を済ませても、男は店から出ていこうとしなかった。何のつもりか、レシートと自分の時計を見比べている。

そうして一、二分の間をおき、また男はガム一個をレジに置いた。

「まだ合わせていないのかよ」

不機嫌そうな声の最後に、舌打ちを一つ付け加える。そうして二度目の会計を済ませたあと、今度はそそくさと店から姿を消した。

「いまの客、たまに来るよな」

その声に背後を振り返ると、いつの間にか店長が立っていた。

「そうですね」

二月中にも、あの毛糸帽子を何度かこの店内で見かけていた。

「気づいたか。いま妙な動きをしていただろ。何度も時計を確かめたり、二度も会計したりよ」

「ええ。この前も様子が変でした」

「この前？　いつだ、それ？」

尻のポケットから自分の財布を出した。あの日ぶつけられたレシートは、いまも財布に入れたままになっている。いちおう、それで日付を再確認してから答えた。「一月二十一日です」

「見せてみろ」

店長が伸ばしてきた手にレシートを載せてやった。

「北側のレジで会計してくれと頼んでも応じなかったのが、あの客です。こっちが手間取っていると、早くしろと怒り出して、それを丸めて捨てていったんです。訳の分からないことを呟きながら」

「何て言った？」

「ちゃんと合わせておけ――と」

たったいまも、似たような言葉を残していったばかりだ。

「……なるほどな」店長は歯を見せた。「合わせておけってのは、時刻のことだよ。そのレジに内蔵してある時計な、二分遅れてんだ」

そう言われても、よく意味が分からなかった。

「レシートに印字されている時刻に、二分足してみな」

【12・1・21　21：19】の19を21にしてみろ、ということらしい。

「すると、どうなる?」

「一と二が、何回か交互に並ぶことになりますね」

「ああ。——世の中にはな、数字配列マニアってのがいるんだ。何の役に立つのか知らんが、ゾロ目とか連番の数字が入ったチケットやらレシートを、目の色変えて欲しがる物好きな連中のことだ。知ってるだろ?」

頷いた。テレビで見たことがある。その番組では、たしか、平成十一年十一月十一日十一時十一分の切符を買うために、駅の券売機の前で待っている人たちが紹介されていたと記憶している。

「さっきの客も、その類《たぐい》だよ」

たしかに今日は三月四日だ。時刻は五時少し過ぎ。先ほどのレシートにはおそらく【12・3・4　5:6】と並んだ数字が打刻されていたことだろう。

「そう考えればだな、新井、さっきの男が、おまえのレジに固執した理由も明らかってもんだろ」

はあ、と曖昧《あいまい》な返事をした。自分にはまだ分からなかった。

「名前だよ。おまえの名前の一部も、並びになっていたのさ。レシートにはレジ担当者の名前も入るだろ。【新井智】で何と読める」

そこまで説明されて初めて、新が「にい」、井智が「いち」とも読めることに気づいた。

なるほどと思いながら、ふたたび財布を開いた。レシートのほかにもう一つ、一月の下旬からずっと入れっぱなしにしておいたものがあった。『撫子』で事件があったときに持っていた千円札だ。間違って使わないようにクリップで留めておいた。その番号をもう一度確かめながら店長に訊いた。

「もしかして、紙幣もレシートと同じですか。番号が連番になっていたり、並びがよかったりしたら、マニアが喜びますか」

「当たり前だ。札の場合、価値はレシートなんかと比べものにならねえよ」

「例えば654321という並びはどうです」

「宝石並みだな。もし持ってるんなら、間違っても使うんじゃねえぞ」

111111のゾロ目やら123456の連番、あるいはその逆の並びの紙幣は、たとえ千円札でも「十万円札」と呼ばれている。つまり、それだけの価格で取り引きされているってわけだ——そう店長は説明してくれたが、最後の方は、もうほとんど自分の耳に届いてはいなかった。

「ちょっと失礼しますっ」

店長の許可を待たず、レジを離れ、出入り口へ向かって駆け出した。毛糸帽子の男は、まだ遠くへは行っていないはずだ。

あの男が、『撫子』のレジから金を奪って逃げた犯人ではないのか——。

財布に残っている千円札の番号はFH６５４３２０RとFH６５４３１９Rだ。ピン札だから続き番号だった。一月のあの日、自分はそれをあと五枚持っていた。だとしたら、その五枚の中には６５４３２１番も入っていたはずだ。

一月二十一日の晩、あの男に釣りとして渡した四枚の千円札は、おそらく、６５４３２５番から６５４３２２番だったのだろう。だから男は、この財布に６５４３２１も入っているとあたりをつけることができた。そこで、こっちを尾行し、千円札をどこかで使うのを待った。

結局その札は『撫子』のレジに収まり、直後、男の手で奪われた。あいつの狙いは金額ではなく番号だった。レジの一万円札など眼中になかったのも道理だ。

自動ドアの開くスピードがもどかしかった。少し隙間《すきま》ができたところで、そこに指先を挿《さ》し込んだ。無駄とは分かっていても、手でこじ開けないではいられなかった。

外の駐車場に向かって一歩足を踏み出した。

だが、二歩目は出せなかった。どうしたことか、あの毛糸帽子が血相を変え、こっちへ向かって逆走してきたからだった。

その後ろに、コートを着た三人ほどの男が続いているのが見えた。彼らが毛糸帽子を追いかけていることは明らかだった。そして三人が刑事だということも直感で分かった。

「どけっ」

毛糸帽子に怒鳴られたが、そう咄嗟《とっさ》に体が動くはずもなかった。中腰の姿勢で少しでも身を守るのがやっとだった。

男の体がぶつかってきた。吹き飛ばされ、床に腰を打ちつけた。

男も転んだのが視界の端に見えた。整髪料を陳列した台の角で頭部を強打したらしい。背中を丸めて呻《うめ》き声を上げている。

その声は、三人の刑事に取り押さえられたあと、徐々に弱々しい泣き声へと変わっていった。

4

「脱げ」

「いや、大丈夫です」

「脱げって言ってんだよ」

「本当に何ともないですから」

「脱がねえと馘首《クビ》だからな」

そうまで言われ、しかたなくベルトを緩《ゆる》めた。手を後ろにやり、ズボンの腰回りに親指をかけ、少しずり下げる。

露《あらわ》になった肌に冷気が張りついた。バックヤードにある事務室では、経費削減のため、真冬でもヒーターのスイッチを切ってある。

「もっと下げろって」

「でも寒いですから」

「なに遠慮してんだよ」

背後でしゃがんでいる店長も、自分の指をこっちのズボンにひっかけたようだった。と思う間もなく、さらにそれが低い位置まで下げられ、尻のあたりにいよいよ強く冷気が感じられるようになった。

「こっちだってな、男のケツなんざ見たくねえんだ」

「すみません……。どうなってます」

「見事に紫色だ。これは冷湿布じゃ済まねえな。もっと徹底的に冷やすしかない。心配すんな。いま氷を持ってきてやる」

「やめてくださいよ。ただでさえ寒いのに」

「いいから、そのままおとなしくしてろ」

事務室から店長が出ていった。氷は隣室の倉庫に置かれた冷蔵庫の中だ。

一人残されて、まずやってみたのは、先ほど床に打ちつけた部分を指先で押してみることだった。腰全体に鈍痛が走った。滲《にじ》んだ涙で視界が霞《かす》む。

洟《はな》を啜《すす》り上げ、瞬《まばた》きを繰り返していたところ、

「ちょっといいかな」

そんな声がして、事務所の入り口に人影が覗いた。二十代半ばと見える精悍《せいかん》な顔つきをした男だった。何かスポーツをやっているのかもしれない。スーツの上からでも、体の引き締まり具合がよく分かる。店先に張り込んでいた三人の刑事。そのうちの一人だ。

「わたしは仁井田《にいだ》という者です」

名乗って、首から紐《ひも》でぶら下げた警察手帳を掲《かか》げてみせたあと、彼は上着のポケットに手を入れた。

「これをうちに送ってくれたのは、もしかしてきみかい」

仁井田が取り出したのはＡ４判の紙だった。手書きの文字が縦に記してある。原本ではなく、コピーのようだ。

【一月二十二日の早朝、栄町商店街のカフェ『撫子』で起きた現金強奪事件の犯人について、情報を提供いたします】

冒頭の一行にはそうあった。

「いいえ。違います。ぼくではありません」

返事をしながら次の段落に目を走らせた。

【犯人は数字の配列にこだわる人物だと思われます。それは『撫子』で盗まれた紙幣の番

号から明らかです。したがって、この犯人が、平成十二年三月四日、午前五時六分に、どこかの店で買い物をし、レシートを入手しようとすることは、十分に考えられます】

この手紙を出したのは自分ではないが、書いた人物には心当たりがあった。筆跡を見れば明らかだ。「犯人」の「犯」の字など、まるで楔《くさび》を寄せ集めたように見える。こうまではねの部分に特徴のある文字を書く人物で、かつ『撫子』で起きた事件を知る者といえば、この世でたった一人しかいない。

【それは、どこの店でしょうか。結論から言いますと、ドラッグストア『エックス栄町店』です。その日のその時刻に、アルバイト店員・新井智久の担当するレジで買い物をした者が犯人に違いありませんので、該当する人物に、職務質問をかけることを強くお勧《すす》めいたします。

もちろん商店はどこにもたくさんあります。にもかかわらず『エックス栄町店』だと断言できるのはなぜでしょうか。もちろん根拠があります。それは――】

そこまで読んだところで、

「そうか。きみの名前が書いてあったから、もしかしたら、と思ったんだけどね」

仁井田は、素早い手つきで紙を折り畳んでしまった。もっと文面を読みたかったが、しかたがない。相手が所属している組織は、何でも隠したがることで有名なところだ。

「匿名の投書なんて、もちろん我々は簡単には信じないんだ。ガセだと思って無視するのが普通だ。でも、この手紙にはちゃんと書いてあった。犯人が今日の朝、この店の、きみの担当するレジに現れる理由がね」

そのようだった。

「その理由に説得力があったから、この投書を信用して張り込んでいたわけだ。案の定、どんぴしゃだったよ。一応犯人を教えておこうか。名前は門脇将実《かどわきまさみ》。二十一歳で無職。中学生の頃から不良行為を働いていて、何度か逮捕歴のある男だ」

お大事に、と軽く手を振り、仁井田が去っていくと、入れ違いに店長が戻ってきた。

彼はまず氷を詰めたポリ袋を放り投げてよこした。続いて、

「ほら、落とし物だよ」

そう言い添えて渡してきたものがあった。ネームプレートだ。ぶつかった拍子《ひょうし》に胸から外れ落ちたらしい。

頭を下げながらネームプレートを受け取った。脳内に弱い電流が走ったように感じたのは、そのときだった。

「おい、どうした。大丈夫か」

店長に顔を覗きこまれ、我に返った。はい、と何度か繰り返し頷いてみせてから口を開いた。「店長。一つ、提案があります」

「早退だろ。認める。早く帰って休め。ずっと冷やしとけよ」

「違います」

「……じゃ何だ」

「陳列位置についてです。風邪薬の」

5

店を出て、東側に建つ百貨店の時計を見上げると、もう午後四時を過ぎていた。

アパートに戻ったときには、日は暮れかかっていた。

ちょうど杏子は出勤するところだった。店であった捕り物について、彼女にはもう電話で話してある。ついでに、薬の棚を整理する仕事があるので遅くなる、とも伝えてあった。

「警察署から感謝状が贈られることになるかもしれない。逮捕に協力した礼としてさ」

「そう。よかったね」

「本当はたまたまぶつかっただけで、何もしていないんだけど」

「金一封ってのもあるんでしょ。腰の治療代だと思ってもらってきたら」

そっけなく言って、杏子は出ていった。

一人になり、コーヒーを淹れた。飲みながら、窓際に並べられた木彫りの花を数えにかかった。

「……七、八、九」

そこまで数えたところで、頭の中にレシートの映像が浮かんだ。

【12・3・4　5・6　七波智久　X　サカエマチ】

七波智久が「ななはちきゅう」と読めることに、杏子はいつ気づいたのだろうか。それは分からないが、Xがローマ数字で十を意味することを考え合わせれば、このレシートが数字配列マニアの食指《しょくし》を動かすことは確かだ。

一から十までがみなきれいに並んだレシートなど、そうあるものではない。犯人はきっとこの餌《えさ》に釣られて姿を現す。なるほど、警察を納得させるだけの根拠と言えるだろう……。

そんなことを考えながら、窓の外に目をやった。

もう同棲は解消かもしれない。

犯人が捕まったいま、この世に七波智久という名前は必要なくなった。ならば杏子がこっちと同居しなければならない理由も存在しない。

ますます痛みの酷《ひど》くなってきた腰をさすりながら、同棲を解消するならそれでもいい、と思った。

もしアルバイト先のレジから金が盗まれた場合、自分は犯人を捕まえようとするだろうか。いや、と首を横に振らざるを得ない。正規の社員ではなくアルバイトにすぎないのだ。そこまでする義理はないと判断し、我関せずと放っておくだろう。

だが杏子は違った。

その心意気にほだされ、柄にもなく薬の陳列作業などで張り切ってしまった自分は、どこか道化《どうけ》じみているし、まだまだ子供っぽい。杏子の器に見合った男ではないのは確かだ。

コーヒーを飲み干してから、また木彫りの花を数え直した。

「……七、八、九」

今度もそこで声が止まった。今度はレシートに邪魔されたせいではなかった。本当に九つしかなかったからだ。

床に落ちてどこかに転がっているのかと、テーブルの下を覗いてみた。

やはり見当たらなかった。

だとしたら十個目は、いま出勤していった杏子が胸につけていたのかもしれない。

姿勢を起こした。コーヒーカップの底を見ると、そこには満月が浮かんでいた。

第六章　翳《かげ》った指先

1

校門を出たところで、背後にふと誰かの気配を感じた。相手の体重がのしかかってきたせいで、振り向こうとしたが、その直前にむりやり肩を組まれていた。あやうく前のめりに転びそうになる。

左の肩に、ぬっと現れたものがあった。銀縁《ぎんぶち》の眼鏡《めがね》をかけている。門脇将実《かどわきまさみ》の顔だった。西日を受けたレンズには、今日も、汚らしく指でべたっと触ったような汚れがついていた。

「勉強してたんか」

門脇が耳元で囁《ささや》くようにして訊《き》いてきた。頬《ほお》にふわりと生臭い息がかかる。

ぼくは黙って頷《うなず》いた。放課後は教室に居残って問題集を解《と》く――これは二年生の頃から始めた習慣だった。こうすれば分からない箇所にぶつかったとき、職員室にいる先生にすぐ質問することができるからだ。

「偉いな」門脇は薄笑いを浮かべた。「でもよ、そんなに焦《あせ》ることもないだろ。高校入試はまだ十カ月も先なんだから。ちっとは遊べよ。ゴールデンウィークなんだし」

「……うん」

小さく呟《つぶや》いて、体を硬くしながら次の言葉を待った。

「それにしても、学校が休みだと暇《ひま》でしょうがねえな。ゲームでもするかと思ったけど、どれもこれもやり飽《あ》きたし。だから新しいソフトを買おうかと思ってるんだ。けどよ」

門脇は空《あ》いている方の手をぼくの顔の前に持ってくると、親指と人差し指で輪を作ってみせた。

「これがなくてな」

こんな前置きはまるで茶番だった。門脇が寄ってきたのだ、金のこと以外に何の用事があるというのか。

「いくらですか？」

門脇は輪を壊し、五本の指を全て広げた。さらに肩を組んだ方の手についても、同じようにしてみせた。十本の指に囲まれた。二匹の大きな蜘蛛《くも》が、顔のすぐそばまで這《は》い上がってきたように思える。

迷った。突き出された指の数にかける数字は百なのか、それとも千なのか……。おそらく後者だろう。いままで門脇が一万円も要求してきたことはなかった。しかし、いつものように千円ならば、こんな回りくどいやり方をするはずがない。

こっちの戸惑《とまど》いを察したように、門脇の顔がにやりと歪《ゆが》んだ。

その表情から、かける数字が千であることがはっきりした。はっきりしたところでどうしようもなかった。一万円などという大金は持ち合わせていない。

曖昧《あいまい》に頷くと、門脇は、校門から西へと延びる道路を指さした。

「この先に『ガジェットハウス』って名前の中古屋があるだろ。知ってるか」

頷いた。ワープロやパソコン、ゲームソフトを扱っている店だ。去年まで病院か診療所のようなものがあった場所に、建物を取り壊して、新しくやけに大きな平屋の倉庫みたいなものができた。そこが門脇の言っている店だ。ちょうど自宅への帰り道に建っている。だけど、ぼくはまだその店には入ったことがなかった。

「その一万円で、そこからゲームソフトを買ってこい。値段は、消費税込みで三千円だ」

門脇は、なんとか戦記というタイトルのソフト名を口にした。

「残りの七千円は、おれに現金でよこせ」

「……はい」

「じゃあ明日の正午、あの店の駐車場で待ち合わせな」

ぼくは門脇の眼鏡をめがけて拳《こぶし》を打ち込む自分の姿を想像した。そしてズボンの両脇を握りながら頷いた。

2

自宅へ向かって歩きながら、学生服の内ポケットから財布を取り出した。この中にいくら入っているかは承知しているが、念のためもういちど開いてみる。

百円玉が一枚で十円玉が二枚。その現実に変わりはなかった。

歩道のタイルに目を落として考える。

こうなると頼りになるのは父親だけだ。前にもそうしたように、またいい加減な理由をこしらえて金を出してもらうことにするか。

警備員の仕事を馘首《クビ》になったあと、酒ばかり飲むようになってしまった父は、注意力が散漫になっていることが多い。そっと金を盗んだところで気づかれないかもしれない……。

溜《た》め息《いき》をつく元気もないまま、ぼくはタイルから顔をあげた。

道路を挟《はさ》んだ向かい側に、黄色いペンキで塗られた大きな店舗があったので、いつの間にかガジェットハウスまで来ていたことを知った。昼間に見れば毒々しいと感じることもあるその外壁も、いまは夕日を浴《あ》びていくらか落ち着いた色になっている。

ぼくは店の中に入るために道路を横切った。

店の前には、ジュースの自販機と、古びた公衆電話機が設置されている。電話機の横に立ち、入り口から中を覗《のぞ》いてみると、けっこう客は多かった。

店内に入った。飾り気のない無骨な雰囲気が漂《ただよ》っているが、居心地《いごこち》は悪くない店だった。

玩具類なども扱っているせいか、下校の途中で道草をくっていく生徒も多いようだ。今日も店内には、部活動の帰りの青いジャージを着た同じ中学の生徒たちが大勢でたむろしていた。

ぼくはまっすぐにレジの方へと歩を進めた。

カウンターの奥では、四角い顔に顎鬚《あごひげ》をたくわえた中年の男が、布テープを使って段ボール箱を作っていた。半袖シャツから覗く腕は細く、血管が青白く透《す》けて見えている。

彼の名前が丹下《たんげ》であることは、つけているネームプレートから分かった。若い店員たちの言葉遣いから察するに、ここの店長らしいことも見当がついた。

段ボールをいくつか拵《こしら》え終えると、丹下は布テープを細長く切り始めた。長さ十五センチぐらいにしたテープ片を四本使って、自分の右肘《ひじ》に、二つのバッテンを描くような形で貼っていく。

「あの、すみません」

テープを貼る行為にどんな意味があるのだろうと訝《いぶか》りながら、そして他の客に割り込まれる前にと少し焦りながら、ぼくはカウンターへ小走りに歩み寄り、丹下に声をかけた。

「いらっしゃい」

四角い顔の中央で、太い眉毛が持ち上がった。

「パソコンやプリンターを売りたいんですけど、買ってもらえますか」

「もちろん買い取りさせてもらいますよ」

「いくらで買ってもらえますか？」

「どこのメーカーで、どんな型番号なのか分かるかな」

丹下に訊かれたことを答えた。パソコンもプリンターも、普段からすごく大事にしているものなので、その製品に名前として与えられているアルファベットと数字の長い記号もしっかり暗記していた。

「実際にモノを見てみないと確かなことは言えないけど、状態がよければ、まあ、一万五千円くらいになるかもしれない。——だけどね」

丹下はこっちにやってきた。

「きみはまだ中学生だろう。未成年の場合はね、親御さんの許可がないと、買い取りできない決まりなんだ」

丹下は、カウンターの上に置いてあった小さな用紙の束《たば》に手を伸ばした。その一枚を一度取り損《そこ》ねてから、慎重な手つきで紙の端をつまみ直し、こっちに差し出してくる。

「お父さんかお母さんにこれを書いてもらって、売りたい商品と一緒に持ってきてくれないかな。そしたら買い取りするからさ」

受け取った用紙には、頭の部分に「保護者同意書」というタイトルがついていた。その下には、親が自分の氏名や住所、続柄を書き入れる欄《らん》が設《もう》けてある。

「疑うわけじゃないが、万引きした商品を売りに来る子もたまにいるんでね。それに、たとえちゃんと親に買ってもらったものだとしても、黙って売ったりするのはやっぱりよくないと思う。そういうものを買い取ったことがあとで分かったりすると、おじさんもすごく嫌な気分になるんだ。面倒だけど頼むよ」

「分かりました」

店内の時計に目をやると、時刻はもう七時に近かった。この店は、いつもなら午後十時までやっているようだけれど、壁に貼ってある注意書きには、【都合により五月二日は十九時半で閉店します】とある。あと三十分しかない。いまから自宅に帰っていたのでは間に合わない。

「明日、また来ます。――朝は何時からやっているんですか?」

「九時半からだよ」

一礼をして、ぼくは同意書を折りたたみ、胸のポケットへしまった。

「この店に来てくれたのは初めて?」

「はい」

「前の道路は交通量が多いから注意してね。おじさんは、向こう側へ横断しようとして、腕を車にぶつけられた。いまでも、忙しくなってくると痛むんだ」

丹下は右肘をさすってみせた。だから布テープを貼ったのか。筋肉を傷《いた》めたスポーツ選手がテーピングというものをよくやるが、それと同じ行為なのだろう。

「気をつけます」

カウンターから離れようと体の向きを変えたとき、背後から彼の声が追いかけてきた。

「必ずお父さんかお母さんに書いてもらうんだよ」

肩越しに頷いて店を後にした。

3

大きく伸びをしてから、小指の先で目やにをこそぎ落とし、壁にかけた時計へ顔を向けた。

短い方の針は、ちょうど8を指している。思ったより長く眠れた。

音を立てないようにそっと寝床から出ると、畳を這い進み、自分の部屋と隣のそれとを仕切る襖《ふすま》に手をかけた。建てつけが悪いため、これを開くには力の入れ方にちょっとしたコツが必要だった。

薄く作った隙間《すきま》から、隣の六畳間を覗いた。日に焼けた障子紙《しょうじがみ》を通して、朝の光が差し込んでいる。部屋の中央で、盛り上がった掛け布団が上下していた。その動きに合わせて聞こえてくる寝息の周期は長い。

父はいま、起きているときと同じような仏頂面《ぶっちょうづら》をこっちに向けて眠っていた。必要以上にきつく目を閉じる癖《くせ》があるため、眉間《みけん》には浅い皺《しわ》が寄り、ともすれば思索に集中する哲学者のように見えないこともない。

眠りはかなり深いようだ。彼が布団にもぐり込んだのは、おそらく日付が変わってからのことだろう。

昨晩もぼくは、ぼんやりとテレビを見ながら父の帰りを待っていたけれど、深夜になってもアパートのドアが開くことはなかった。

仕方なく、先に寝ることにしたのだった。

憲法記念日だから、普通の会社なら休みのはずだ。でも父が働いている家電製品の工場は二十四時間動いているので、今日は午後から出勤しなければならないそうだ。

父が以前の仕事を辞《や》めさせられてからもう六カ月になる。

学生の頃ボクシングをやった経験を持つ父は、その腕っ節を買われて警備会社に勤務し、半年前までは、『カドワキ商事』という会社の夜間警備を担当していた。だが、その事務所に入った泥棒を捕まえることができず、金庫の中にあった札束と大事な書類を盗まれてしまった。

金庫の中には硬貨の入った麻袋もあったのだが、泥棒はなぜかそっちには手をつけていなかった。袋には、泥棒が嵌《は》めていた手袋の繊維《せんい》が付着していた。上から触っておきながら盗んでいかなかったのだ。

ちょうどそのとき、たしか午後十時半頃、ぼくは父に弁当を届けるために、カドワキ商事に向かっていた。裏口から、野球帽を目深《まぶか》に被《かぶ》って大きなバッグを抱《かか》えた男が出てきて、路上に駐めていた車に乗り込んだのを遠目に見てもいた。おそらく、あの人物が犯人だったのではないかと思う。

そんな事情があったから、事件を担当した若林《わかばやし》という刑事さんから、ぼくもいろいろ質問を受けたりした。

カドワキ商事社長の息子から恐喝《きょうかつ》を受けるようになったのも、この事件がきっかけだった。言うことを聞かなければ暴力をふるわれるので従うしかなかった。何より負い目があった。

――おまえの親父が無能だからうちは大損を被《こうむ》った。

そう言われては、黙って言いなりになるしかなかった……。

ぼくは襖を閉めて立ち上がった。壁に吊《つ》るした学生服のポケットに手を入れ、昨日の夕方、丹下から受け取った保護者同意書の用紙を取り出すと、ボールペンを手に机に向かった。

同級生に恐喝されていることを知られたくない。だから、これを父親に書いてもらうわけにはいかなかった。したがってガジェットハウスに品物を売るには、自分で父のサインを偽造するしかない。

だが、いざ父の名前を書き入れる直前になって、ふと気がついた。

自分の字だとまずい。

手近にあったノートから白紙のページを一枚破り取ると、同意書の上に重ねて置いた。その紙を使い、試しに「安積伸一《あづみしんいち》」と父の名前を書いてみる。

その結果に苦いものを感じた。

できるだけゆっくりと、丁寧《ていねい》に書いたつもりだが、大人の字には見えないのだ。どうしても筆跡から幼さが滲《にじ》み出てしまう。父の書く字だって上手いものではないが、やはり筆の運びは大人のものであり、子供の自分が書いたものとはどこかが違っている。

こんな字では、不正がバレてしまうだろう。

丹下は「親に書いてもらえ」と、わざわざ念を押していた。筆跡まで完全に父を真似《まね》る必要はないだろうが、せめてもうちょっとくらい大人びた字にした方がいい。

安積伸一、安積伸一、安積伸一、安積伸一、安積伸一……。

ぼくは要《い》らなくなった紙に何度も父の名前を書いてみた。さも書き慣れているように見せかけるため、はねるところは思い切ってはね、伸ばすところは大袈裟《おおげさ》に伸ばしてみる。大人だったら筆圧も強いだろうと考え、ボールペンの先にできるだけ力を入れてもみた。そんな試行錯誤を重ねながら、四、五十回ほども書いたろうか、ようやく筆運びにも慣れたようで、文字の端々から幼稚な部分が抜け落ちていき、いかにも大人が書いたような文字になってきた。

頃合を見て、さっと練習用の紙だけを取り去ると、その下から出てきた保護者同意書に、練習の勢いをかって一気に父親の名前を書き込んだ。

満足のいく仕上がりだった。この字なら疑われることはないだろう。

同意書に三文判を押してから、丁寧に折りたたむと財布の中に入れた。

次に、机の下から段ボール箱を取り出し、その蓋《ふた》を開けた。

中にはノートパソコンとプリンターの一式が、白い手拭《てぬぐ》いに包まれて入っている。プリンターはコピー機能を備えてもいる。六畳間が二つに、狭《せま》い台所と小さな風呂しかないこの古びたアパートには、似つかわしくない代物《しろもの》だ。いつ見ても、この箱の中身だけは妙に浮き上がり、異彩を放っている。

六カ月前に、電子機器が好きな父がだいぶ無理をして買ってくれた中古品だ。埃《ほこり》を被らないように、使うとき以外は常に箱の中へ入れてあった。手拭いは、傷がつかないようにするためのものだ。ずっとそうやって大切に扱ってきた。

あれから半年、このパソコンを使うときは、いつも液晶画面の上に父親の顔を見ていたような気がする。パソコン本体もプリンターも、大事に使ってきたから新品と言っても通るほど状態はいい。

一連の作業を終えると、時刻はもう九時に近かった。それでも門脇に指定された時間まであと三時間もある。

どうしようかと迷った。出かけるには早すぎる。だが、それまで部屋の中でじっとしているのは嫌だった。できればさっさと金を手にして安心を得ておきたい。

早すぎてもかまわない。すぐにガジェットハウスへ出かけ、開店と同時に買い取ってもらおう。あとは門脇との約束の時間まで、店の中で待っていればいいだろう。

4

顎鬚の生《は》えた四角い顔は、昨日と同じようにカウンターの向こう側にあった。

今朝は段ボールを作る代わりに、やたらとごつごつした形の真っ黒いビデオデッキをいじっている。きちんと再生されるかどうか確かめているのだろう、小さなブラウン管テレビに画像を映しているところだった。

こっちがスポーツバッグをカウンターの上に載せると、その動きが目の隅《すみ》に入ったのか、丹下が振り向いて、よお、というように唇をすぼめた。

「これ、買い取りをお願いできますか」

ぼくはバッグの中からパソコンとプリンターを取り出しながら、前に出てきた丹下に言った。

「やっぱり一万五千円ぐらいに、なりますか？」

「ずいぶん丁寧に使っているんだね。状態がいいから、もっと高く買ってもいいかな。

——けれど、親御さんの許しはもらってきたかい」

財布を開き、自分で書いた同意書を丹下に渡した。

丹下は手にした用紙を一瞥《いちべつ》したとたんに、手をぴたりと止めた。そのまま十秒ほどのあいだ、何かの記憶を探《さぐ》ってでもいるかのように、瞬《まばた》きもせずに紙の上に視線を落としていた。

やがて顎鬚が動いた。

「ここに書いてある名前は、きみのお父さんなの」

「そうです」

こんな短い言葉でも語尾が震えてしまった。それをごまかすために、ぼくは喉《のど》に痰《たん》がからんだふりをした。

　次の瞬間、同意書は、ぼくの前に突き返されていた。

「悪いけど、駄目だよ。買い取りはできない」

「……どうして、ですか」

「これ、ちゃんと親に書いてもらうようにお願いしたはずだね」

「はい」

「でもこの書類にある親の名前は、きみが勝手に書いたものだ。きみはぼくがお願いしたことを守ってくれなかった」

　どうしてバレてしまったのだろう。分からないが、いまはそんなことを考えている余裕はない。

「買い取ってもらえませんか。安くてもいいんですけど」焦りを相手に知られないよう、ぼくはさりげなく食い下がった。「一万二千円ぐらいでもいいですけど」

　それでも丹下は首を横に振る。

「一万円でもいいです」

　最低でも、その金額が今日中にどうしても必要なのだ。そして、この店以外に、金を作るあてはなかった。

「悪いが、駄目だね」

ぼくは、丹下から返された同意書の筆跡を、もういちど確かめてみた。子供の字には、絶対に見えない。充分な注意を払って偽造したのだから当然だ。それにもかかわらず、なぜ丹下は不正を見破ることができたのだろう……。

何が手掛かりになったのか、見当がつかなかった。

気を取り直して、というように丹下は微笑みかけてきた。「ほかにご用件は？」

「……いいえ」

「じゃあ、こっちは失礼するよ」

丹下の顔が横を向いた。アルバイトの若い人に、おーい、と呼びかける。

「レジを頼む。おれは外へ買い取りに行ってくるから。一時間ぐらいで戻ってくる」

丹下はキャップを被った。もう彼の意識からは、こっちの存在が完全に消えてしまったようだった。

ぼくはバッグを背中に回し店を出た。

隣に建っている百貨店を見上げる。七階部分の壁に取り付けられた大きな時計は、いまの時刻がもう十時に近いことを告げていた。

門脇との約束まであと二時間と少ししかなかった。同意書に関する疑問は、ひとまず棚上げにしておこう。いま考えなければならないのは、どうやって一万円の金を正午までに準備するか、ということだ。

他に中古のパソコン機器を買い取りしている店は、この近所にはない。こうなれば、頼みの綱は、やはり父だけだ。

出勤するのは午後からだから、たぶんまだアパートで寝ているだろう。ならば財布から現金をそっと抜き取るチャンスはある。一万円ともなれば大金だけれど、いつも酔っている父のことだ、うまくいけば、どこかで使ってしまったものだと勘違いしてくれるだろう……。

自転車に乗る前に、役に立たなかった同意書を、丸めて屑籠《くずかご》に捨てようとした。用紙の表面に傷のような細かい線がたくさん走っているのに気づいたのは、そのときだった。

これは何だ？　そう訝ったのは一瞬だけで、傷の正体はすぐに判明した。傷というよりも痕《あと》なのだ。ボールペンの痕だ。この用紙の上へ紙を置いて父親のサインを練習したときに、筆圧を強くしたせいで転写されたものらしい。その証拠に、ボールペンの痕は「安積伸一」という字を、いくつもかたち作っている。

そうか、と思った。

丹下が見破ったわけが、これで分かった。

書類に自分の名前を記入するとき、わざわざ練習する人は滅多にいない。ところがこの用紙からは、何度もそれをやったことが容易に推測される。ならば、ここに書いてある名前と、それを書いた人物は別だと考えるのが普通だろう。

自転車に乗っていったん店を後にした。そのとき、ハンドルにつけたバックミラーの中に丹下の姿が映った。軽トラックに乗り込むところだった。

アパートに帰り着くと、ぼくは音をたてないように注意しながらドアノブを回した。父はまだ眠っていた。

そっと彼の作業着に手を入れ、財布を捜す。そして中からまず千円札を一枚取り出した。

5

自転車を飛ばし、ふたたびガジェットハウスの前までやってきたときには、時刻は十一時半を回っていた。

連休が始まったせいか、店内はいつにもまして混雑している。しかし、その喧騒《けんそう》はぼくの耳にほとんど入らなかった。いまは心臓の鼓動《こどう》が、周囲の音をほとんど遮《さえぎ》っているからだ。

アルバイトの若い店員が商品を並べたり値札をつけたりと忙しそうに立ち回る間を縫《ぬ》って、奥へ進む。

棚の端から端までぎっしりと並べられたゲームソフトの箱は、どれも派手な原色だ。緊張していせいか、その賑《にぎ》やかさがいまは目に痛かった。

ゲームソフトというものは、中身に比べてずいぶんと大仰《おおぎょう》な箱に入っている。

ぼくは腰を屈《かが》め、箱の背に書かれたタイトル名を順繰《じゅんぐ》りに目で追っていった。門脇から指定されていたソフトに行き当たるまで、そう時間はかからなかった。

棚からその箱を抜き出し値札を確認すると、「¥2,913」とあった。門脇が言っていたとおり、三パーセントの消費税を足せばちょうど三千円になる計算だ。

ぼくは意を決し、ゲームソフトの箱を手にレジへ向かった。

もう買い取りから戻ってきたらしい。レジカウンターの向こう側にいるのは四角い顔に顎鬚を生やした男だった。

落ち着け、と自分に言い聞かせながら、ぼくはカウンターの上に商品を置いた。唾《つば》を飲み込もうとしたが、喉が干上《ひあ》がっているせいで難しかった。「お願いします」と呼びかけたはずだが、自分の声すらよく聞き取れない。

「いらっしゃい」丹下はいじっていたビデオデッキから離れると、笑いながらこっちへやってきた。「さっきはすまなかったね」

「いいんです。これ、ください」

ぼくはカウンターに置いた商品を相手の方へ押しやった。

「こっちは買い取りしなかったのに、きみはしてくれる。申し訳ない」

笑顔を崩《くず》すことなく、丹下は箱を手にとり、レジに値段を打ち始める。

財布から三枚の札を抜き出しながら、

「あのプリンターは、さっき別の店で売ってきました。一万五千円でした」

訊かれてもいないことを口にした。

全くの出鱈目《でたらめ》だが、どうしてゲームソフトを買う金を持っているのか、丹下から怪《あや》しまれないようにするために、言っておく必要があると思ったのだ。

「そうかい。よかったね」

丹下はレジを打ちながら、額《ひたい》に皺を作ってちらりとこっちの方を見た。「三千円になります。もらってもいいかな」

手が震えてしまいそうだったので、ぼくは投げ出すようにして三枚の札をカウンターの上に置いた。店長の手がそこへ伸び、枚数を数えたあと、レジの中に入れた。

丹下がレジを閉める前に、ぼくは言った。「すみません」

「どうしたの」

「やっぱり、買うのをやめます」

ぼくは手にしていたゲームソフトをカウンターに置いた。

「……そう。分かりました」

丹下が三枚の札を返してよこす。それを受け取り、ぼくはカウンターから離れた。

6

店の外へ出て、公衆電話機の前へ行った。受話器には黒いガムのような得体の知れない汚れがこびりついていた。ティッシュペーパーで拭《ふ》き取ろうとしたけれど、ほとんど落ちなかった。

緑色の電話機には「SOS」と書かれた赤いボタンがついていた。これを押せば、いまから自分が連絡を取ろうとしている相手に通じるはずだ。お金を使う必要はない。でも時間がかかりすぎる。

ぼくは百円玉を取り出し、それを投入してから番号ボタンを押した。

三分間ほど相手と話をしてから、受話器を置いた。時刻はちょうど正午になっていた。

待つほどもなく、ハンドルを高くした自転車に乗った門脇が姿を見せた。

彼は噛《か》んでいたガムを包み紙の上に吐《は》き出してから自転車を降りた。いつものようになれなれしく肩を組んでくる。銀縁眼鏡のレンズも相変わらず汚らしく曇《くも》らせていた。頭髪の脂《あぶら》っぽさも普段のとおりだ。

「何時にここへ来た」

「三十分ぐらい前」

「金は持ってきたか」

ぼくは財布を開いて中身を見せてやった。

「よし。ゲームソフトはどうした。もう買ったんだよな」

首を横に振ると、門脇は腕をほどいて体を離し、ガムを包んだ紙を放り投げてきた。

「じゃあいままで何してたんだよ」

下を向いて黙っていると、目の前に門脇の手の平がぬっと現れた。

「まあいい。おれが自分で買ってくる。一枚ずつ数えてここに載せろ」

言われたとおりにした。九枚目の札を彼の手に載せたところで、門脇は手を引っ込めた。

「なんか暑くねえか。ん？」

曖昧に頷いておいた。

「だろ。喉が渇《かわ》いてしょうがねえよな」

門脇は店の入り口に設置された自動販売機に向かって顎をしゃくった。

「その千円札で烏龍《ウーロン》茶を買ってこい。おまえも自分の分を買っていいからよ」

ぼくは自販機の前まで行った。紙幣《しへい》用のスロットに札を突っ込む。自販機は一度それを飲み込んだものの、すぐに強い力で吐き出してきた。まずいものを食わされて怒っているように見えた。

もういちどやってみたが結果に変わりはなかった。

そうしているうち、足元に背後から人の影が伸びてきた。

振り返ると、門脇がこっちをじっと見下ろしていた。ぼくは中腰の姿勢を保ったまま固まった。

「何もたもたしてんだ」

門脇の手に、持っていた偽札を毟《むし》り取られた。門脇はその偽札を太陽の光にかざしながら、しばらく眺めていた。

やがて彼の顔がこっちに向き直った。

「おまえ……。とんでもないことをやらかしたな」

細い目が、薄汚れたレンズの向こう側から睨《にら》みつけてくる。反対にこっちは彼の顔から目をそらし、駐車場の方を見やった。いま、紺《こん》色の車が一台滑《すべ》り込んできて、隅の方にある空きスペースにバックで停まろうとしているところだった。

その様子をじっと追っていると、門脇が指を鳴らした。こっちを見ろと言っている。

だけどぼくは無視して、紺色の車に視線を当て続けた。

車からは、男の人が一人降りてきた。着ている背広の色は車と同じだ。ここからは十メートルぐらい距離があったけれど、彼と視線が合ったのでぼくは会釈をした。

「てめえ、誰に挨拶《あいさつ》してん――」

言いながら後ろに首を捻《ひね》った門脇は、すぐに顔を前に戻した。そして持っていた九枚の札をこっちの手に押し付けてきたかと思うと、自転車に飛び乗り、

「明日、覚悟しとけっ」

そんな台詞《セリフ》を残し、どこかへ行ってしまった。

入れ替わるようにして、背広の男性がぼくの前にやってきて言った。「いまのは門脇くんじゃなかったか？」

「そうです」

「どうして急に行っちゃったんだ？」

「それは後で説明します」

「そうしてもらえるとありがたい」

仕事柄、不審な動きが気になってしょうがなくてさ。そう付け加えてから、彼はガジェットハウスの建物を指差した。

「ここの中にいるんだね」

「はい」

「じゃあきみは、念のためここで待っていてくれる？」

「そうします」

ぼくは門脇から突き返された札を財布に戻しながら、店に入っていく若林刑事の背中を

見送った。

7

五月四日は雨になった。このところ暑い日が続いていたから、アパートの共同花壇に植えられた草木は、きっと喜んでいるに違いない。

窓から室内に目を戻せば、父は今日も苦しそうな顔で眠っていた。もしかしたら、この天気のせいで腰が痛むのかもしれない。

仰向《あおむ》けの背中に手を差し込み、左側が下にくる格好で横向きの姿勢にしてやった。こうして寝た方が腰にかかる負担が少ない。そう医者がテレビで言っていたのを思い出したからだ。

でも、脇腹から手を抜いたときに、父は目を覚ましてしまった。

「ごめん」

詫《わ》びながら、準備していたお絞《しぼ》りを差し出した。父の額には今日も薄らと汗が滲《にじ》んでいる。

「今日は一日休みなんでしょ?」

「ああ」

「だったら、もっと寝るよね」

お絞りを顔に当てた父は、ゆるく首を振りながら上半身を布団の上に起こした。

「じゃあ、ちょっと教えてもらえないかな」

「……何をだ」

「これ」両手の拳を握り、胸の前に構えてみせた。

父は欠伸《あくび》をしたあと、やれやれといった様子でもう一度首を横に振った。「駄目だな」

「どこが」

「もう一度、拳を固めてみろ」

言われたとおりにした。

「それが駄目なんだ。いま五本の指を同時に握っただろう」

「うん」

「ボクシングだけじゃなく空手なんかでも同じだが、武道では拳を作るとき、最初に親指以外の四本の指を折るんだ。そうしてから親指を曲げ、中指につける」

教えられたとおりにすると拳が軽くなったように感じられた。それでいて手の骨がずっと頑丈《がんじょう》になった気もする。たまらず、照明器具から垂《た》れた紐《ひも》を目掛けてパンチを繰り出しそうになった。

「それから服装も不合格だ」

顎を引き、自分が着ているものを見やった。いまは白いTシャツに、同じ色のスウェットパンツという格好だった。

「ボクシングの練習をするときは、着ているものの上と下を色違いにするのが決まりだ。もし同じ色の場合は、臍《へそ》の位置が分かるような工夫が要る。覚えておけ」

とりあえずTシャツの裾《すそ》をスウェットの中に入れ、臍のラインが分かるようにした。

「そのラインより上が、攻撃することを許されている部分だ。そこから下にパンチを打ち込むのは反則だぞ」

その程度の知識はあったけれど、素直に頷いておいた。

「それから、ボクシングの基本は、相手とは反対の動きをすることだ。敵が疲労したときは攻撃する。敵が逃走するときは追跡する、敵が止まったときは攪乱《かくらん》する、という具合だ。分かったな」

「はい」

父はやっと布団から出てきた。

「じゃあ敵が攻撃してきたら、どうする」

少し考えてから、ぼくは一歩後退した。そうしているうちに、父がまたじりっと距離を詰《つ》めてきたので、ぼくはまたステップバックした。部屋の隅にまで追い詰められていた。

「今日の練習はこのぐらいにする。今度は、伸士《しんじ》、そっちが父さんに教える番だ」

「……教えるって、何を」

「とぼけるな。昨日、父さんの財布から何か取ったろ」

ぼくはまだ握ったままにしていた拳を解《と》いた。

「だけど、それをまた戻したな」

「……うん」

「何をしたんだ。正直に言いなさい」

「じゃあ、もう一度お金を貸して」

ぼくは父から千円札を借りて自分の部屋に入った。後ろから父がついてくる。

パソコンとプリンターはスポーツバッグに入れたままだった。取り出し、ケーブルをつなぎ直して、それぞれの電源をオンにした。

次にプリンターの読み取り台に息を吹きかけ、ティッシュペーパーできれいに拭いてから、借りた千円札を置いた。プリンターにはA４判の白い紙を何枚か差し込んだ。

マウスを操作すると、プリンターは低い唸《うな》り声をあげながら作動を始めた。待つほどもなく、取り込んだ夏目漱石《なつめそうせき》の肖像画がパソコンのモニターに映し出された。躊躇《ためら》うことなく、印刷のアイコンをクリックする。

プリンターが吐き出した紙は、思った以上に精巧だ。よく見ると印刷も粗《あら》いし、実物よりもいくらか色が濃くなっているようだが、ぱっと見た感じではまず区別がつかない。

昨日は、裏側も別の紙に印刷した。そして鋏《はさみ》を使って二枚の紙から余白の部分を切り離し、裏と表を糊《のり》で貼り合わせてみた。すると期待に反して、それはいきなり偽物めいて見えるようになってしまった。ぶかぶかと厚みがあって、手に持ったらひどく違和感があった。

やはり一枚の紙で仕上げるしかない、とそのとき悟った。

同じ紙に、裏と表が完璧に重なるようにして印刷するのは難しかったが、原稿となる紙幣の位置を常に一定にしておけば、できないことはなかった。

ぼくは今日も、プリンターに置いた千円札の各辺に沿って、読み取り面のガラスにセロテープを貼り付けていった。こうすればテープの厚みが壁になり、原稿のずれを抑えられる。このテクニックも昨日のうちに学んでおいたものだった。

プリンターの上の蓋をぴっちりと閉め、できるだけ用紙が動かないように注意を払いつつ印刷してみると、やはり表と裏にずれが生じていたが、ほんのわずかの誤差にすぎない。ぱっと見には、充分本物の紙幣だ。

昨日はこの方法で十枚を作り、原稿となった千円札は父の財布に戻しておいた。刷り上がった偽札には、さも使い古されたように見せかけるため、折ったり伸ばしたりの作業を何度か加えてから、財布に収めたのだった。

いま刷り上がったものを父に手渡すと、彼は深い溜め息をついた。

「おまえまさか、知らなかったのか。お札をコピーするだけで違法だってことを」

「そうなの？」

「当たり前じゃないか」

父はもう一度深く息を吐き出し、持っていたものを細かく千切って屑籠に捨てた。

「ごめん。使わなければセーフだと思っていた」

ガジェットハウスから商品を騙し取るつもりはなかった。ただ確かめたかっただけだ。キャップを被った丹下が軽トラックに乗り込む姿を目にしたとき、はっとした。カドワキ商事から出てきた泥棒のシルエットに、ぴったりと重なったからだ。

本当に丹下が犯人なのかどうか。それを確かめるために偽札を作った。

犯人は小銭の袋を現場に残していった。上から触ったはずなのに、硬貨だと分からなかったのは、指先の感覚が鈍《にぶ》かったからに違いない。

丹下もそうだった。同意書の不正を見抜くほど注意力が鋭いくせに、偽札であることを見逃した。普段から紙幣を扱っているのだから、すぐに分かったはずだろう。なのに見抜けなかった。

指先の感覚が鈍ってしまったのは、たぶん交通事故の後遺症というやつだと思う。

いずれにしろ、丹下が犯人だという可能性が高くなったので、若林刑事を呼んだというわけだった。

父が部屋から出ていったあと、朝刊を開いてみた。社会面の一番下に小さく載っていた丹下逮捕の記事を読んだあとは、ずっと拳の握り方を練習しながら過ごした。

結局、日が暮れても門脇からの連絡はなかった。

無理もないか。

自分の手にしているものが偽札だと分かった。その瞬間に刑事が現れたら、誰だって逃げ出すものだろうけれど、特に普段から不良ぶっている者ほど、そんな体《てい》たらくを恥だと感じるはずだから。

第七章　刃《やいば》の行方

＊

Sの住むアパートから少し離れた位置にコンビニがあった。その裏手に設《もう》けられた駐輪スペースに、おれはスクーターを置くことにした。

ここからは歩きだ。しょうがない。誰かに目撃されたらまずいから、アパートの前に駐《と》めるわけにはいかない。

帽子を目深《まぶか》に被《かぶ》り、顔を見られないように注意しながら道を歩いた。

上着もズボンも、できるだけ黒っぽいものを選んで身に着けている。これなら夜の暗さに溶《と》け込んで目立たないはずだ。

とても緊張していた。呼吸がだいぶ浅くなり、指先が軽くしびれている。

これじゃ駄目だ。

もうちょっと落ち着こうと、夜の空気を胸いっぱいまで吸い込んだ。けれども、ほとんど効果がなかった。それどころか、新しく送り込まれた酸素のせいで、よけいに心臓が騒ぎ出す始末だ。

帽子を被り直し、腕時計を見る。——午後七時半だった。「そろそろ始めるから、すぐに来てくれ」というSの電話から、まだ十分と少ししか経《た》っていない。

通りに誰もいないのを確かめてから、アパートの敷地に飛び込んだ。

Sの部屋の前まで足音を殺して走り、チャイムを鳴らして五、六秒待つと、ドアの向こう側に人の気配がした。

片方の目をきつく閉じ、もう片方の目で覗《のぞ》き穴からこっちを見ているSの姿を、おれは想像した。

ところが、ドア越しに聞こえてきたのはRの声だった。

「さばく」

何を言われたのか分からなくて、おれは、へっ？　と間抜けな声で訊《き》き返した。

いまのを漢字で書けば「砂漠」で、いつかRが勝手に決めた合言葉だと気づくまで、少しだけ時間がかかった。

「……駱駝《らくだ》」

そう答えると、鍵とチェーンを外す音がして、ドアがこっちに向かって開いた。

靴脱ぎ場に足を踏み入れ、ドアを閉めながら、おれはRに言った。

「ちょっと焦《あせ》った」

何のことだ？　というように、Rは怪訝《けげん》そうな顔をした。

「合言葉だよ。本当に言わされるなんて。漫画じゃあるまいし」

何か言い返してくるかと思ったけれど、Rは口をつぐんだままだった。

鍵とチェーンをかけ直し、Rの背中を追うようにして中に入った。

途中、風呂場の前を通った。スーパーやコンビニで貰《もら》ったレジ袋や、ごみ出し用のポリ袋がたくさん用意してあった。その隣には古新聞の束《たば》が、ごそっと積んである。

フローリングの部屋に入ると、体に震えがきた。これからやろうとしていることに怯《おび》えたからじゃない。理由はもっと単純で、部屋の温度が低かったからだ。

この1DKの主《あるじ》、Sは床に座っていた。細身の包丁を一本、右手に握りしめて、その刃にじっと視線を当てている。

いつもと違って、なんとなく堂々とした雰囲気を漂《ただよ》わせているのは、あぐらをかいているせいだろう。両足を揃《そろ》える〝人魚座り〟がSの昔からの癖《くせ》だから、それをしていないSは、別人のようにも感じられた。

手にした包丁は念入りに砥《と》いだらしい。笹の葉っぱを連想させる刃は、ぴかぴかに光っている。ともすれば鏡の代わりになってしまいそうだった。

斜め後ろに立っているおれに向かって、Sが頰骨《ほおぼね》を持ち上げてみせた。刃の中でおれの姿を捉《とら》え、にやりと笑ってよこしたのだ。

「待ってたよ」

軽く頷《うなず》き、それに応えてから、おれは部屋の中を見渡した。

だけど五木敬真《いつきけいま》の姿は見当たらない。

もう風呂場に寝かせてあるんだろうか？　風呂場じゃなければ、襖《ふすま》の向こう側にある和室だ。

おれは半袖のシャツから出した両腕をさすりながら言った。

「ここ、なんか寒くないか？」

「そうかな。おれは、ちょうどいいけど」そう答えたSは長袖を着ている。

「いや、寒いって」

おれはエアコンを見上げた。運転ランプは点《つ》いていなかった。

「じゃあ、きっと隣のせいだよ」

Sが包丁の先を、和室とを隔《へだ》てる襖へ向けた。

「さっきまでそっちのクーラーを点けていたんだ。たぶん、向こうの空気が、少しこっちに流れてきちゃったんだね」

「なんで和室のクーラーなんか点けたんだ？」

「涼しい方がよく眠れるからね。お客さんが」

客――敬真は襖の向こうにいるらしい。

「和室で、やるのか？」

「そうだよ」

Sはフローリングの床に、ぐるりと視線を走らせながら言った。

「ご覧のとおり、こっちには布団がないからね。いまから死ぬ人を床に寝かせたんじゃ、いくらなんでもかわいそうだと思ってさ」

「ほら、見てみろよ」

Rが襖を開けた。

六畳間には明かりが点いていなかった。けれども、こっちの部屋から光が入るため、どうにか中の様子は見てとれる。

部屋の中央に布団が敷《し》いてあった。掛け布団が盛り上がっているから、誰かが寝ているのだということは一目で分かった。

目をこらすと、横になっている人物の顔が、薄暗がりの中に、ぼうっと浮かび上がってきた。太い眉毛に厚い唇。その顔を見まちがえるはずもなかった。たしかに敬真だ。

――すごく効《き》く睡眠薬を持っているんだ。それを飲んだらマグニチュード百の地震が来ても目を覚まさない。

ただの戯言《ざれごと》だと思ったが、以前Sが口にした言葉は、まんざら誇張でもなかったようだ。おれが見ているあいだ、敬真は身じろぎ一つしなかった。じっと耳をすませてみたけれど、寝息すらも聞こえてこない。

Rがいったん襖を閉めると、Sが包丁の刃を見ながら口を開いた。

「睡眠薬を溶かしたコーラを出したら、うまそうに飲んで、あっという間に眠り込んじゃったよ。そっちまで運ぶのに、ちょっと苦労したぐらいかな」

「そうか……」

急に喉《のど》が渇《かわ》いてきた。心臓の音がすぐ耳元で聞こえるようだ。

いまならまだ引き返せるが、「やめようぜ」の言葉を口に出す勇気はなかった。

ベルトコンベヤにでも乗せられて、自動的にどこかへ運ばれていっている。なんだか、そんな気分だった。

「じゃあ、リハーサルをしようか」

Sは、持っていた包丁を軽く掲《かか》げてみせた。

「これを三人で持つ方法を、いろいろ試してみなきゃね。二人とも、ここに座りなよ」

そう言ってSは、包丁をフローリングの床に置いた。ゴトリと重たい音がした。

おれの目は、鋭く尖《とが》った刃の先端に引き寄せられた。

柳刃《やなぎば》包丁――凶器の名前をSから聞かされるまで、それがどんな包丁なのか、おれは知らなかった。だけど、これなら自分の家にもあったはずだ。おふくろが刺身を切るときに使っている。

こうして見ると、「不吉」という文字がぴたりと似合う代物《しろもの》だった。目にしているだけで、体のどこかが切れてしまいそうなほど禍々《まがまが》しい。

「そうだな。やってみようぜ」

Rが包丁の前に腰を下ろしたが、おれの方はそれに近づくことができなかった。

代わりにおれは、ゴルフバッグのそばへ歩み寄った。先日、スポーツ用品店で敬真に盗ませたばかりのバッグだ。まだ転売先が見つからず、こうしてSの部屋に置きっぱなしになっている。

「Z、何してる?」

背中にSの声を聞いた。それにかまわず、おれはバッグのファスナーを開けた。

いつかSが口にしたように、ゴルフクラブで殴《なぐ》ればいい。そう考えて、パターとかいうT字形のクラブを探した。金槌《かなづち》のような形をしたあのヘッドなら、頭を強く叩《たた》くのにちょうどいいはずだ。そっちの方が、あんな尖った恐ろしい凶器を使うより、ずっとましだと思った。

だが、ゴルフバッグの中にパターは見当たらなかった。他のクラブはあったけれど、その一本だけは盗み損《そこ》なったらしい。

パター以外のクラブは、ヘッドが魚のひれみたいな形をしているので、人間の頭にめり込ませるのは難しいように思えた。そんなものを下手に使えば、息の根を止めるまでに何度も何度も叩くことになりそうだった。

だったら、Sが考えた確実な方法で、ひと思いにけりをつけた方がましかもしれない。

包丁の持ち方をあれこれと試してみたけれど、三人で一本の柄《え》を持つのは、やっぱり簡単じゃなかった。

二人で握るのなら問題はない。でも三人でとなると、もう手の置き場所がなくなってしまう。

結局、おれとRが二人で柄を握り、Sはそれを包み込むように、上から手の平を被せることにした。

次に、刺すとき、誰がどの位置に陣取るかを相談した。その結果、おれとRがペアになって、寝ている敬真を左右から挟《はさ》み、Sは枕元につくことに決まった。

「じゃ、じゃあ、よ」

Rの声は、滑稽《こっけい》なくらい震えていた。

「そろそろ、やろうぜ」

ところがSは、いったん包丁を床に戻した。

「その前に景気づけをしよう」

いままで気づかなかったけれど、Sは背後に、ウィスキーの瓶《びん》とグラスが載ったトレイを準備していた。グラスの中には、すでに氷のかたまりが入っている。

指二本分くらいまでウィスキーを注いだグラスをSは三つ作り、そのうち二つを、おれとRに差し出してきた。

おれはRと一緒にそれを受け取った。電灯の光にかざして見ると、アルコールの中に水分が溶け出しているせいで、氷の表面が油か煙みたいにゆらゆらとしている。

「成功を祈って、乾杯だ」

Sはグラスを前に突き出した。

「お、おう」

Rも同じことをしたけれど、その手は声と同じく小刻みに震えていた。

おれも二人に従った。

三つのグラスが、かちりと音をたてて触れ合った。

口をつけた。生まれてから十九年間、おれは仲間とつるんで悪いことばっかりやってきたが、酒にだけは手を出さなかった。こんなものを体の中に入れるのは初めてだ。

むせて咳《せき》が出たけれど、我慢してぜんぶ飲み込んだ。熱い息が鼻から抜けていく。やけに辛かった。

「もっと飲むか？」

Sから勧《すす》められるままに、おれはもう一杯口にした。それまで感じていた怖さが薄れるような気もしたし、かえって増すような気もした。

どっちつかずのまま、おれは床に置かれた包丁に目をやった。

「そういえば、敬真の行方を捜し回っていた先生がいたね」

Sがグラスを揺らしながらそんな話題を出した。

「ああ、いたな」Rがすぐに応じた。「たしか土屋《つちや》って名前だった」

「あの人、いまどうしてるかな。前は何度かテレビに出てたけど」

「ああ。だけど、最近はあまり見ねえよな。もう諦《あきら》めたんじゃねえか」

「だろうね。あれからもう二カ月だもんね」

おれたちが敬真をさらって監禁し始めたのは、七夕の日だった。

そのころ、おれたちはパシリとして使える人材が欲しかった。そんなとき、フリースクール前の歩道をうろうろ歩き回っていた、中学生ぐらいの生意気な奴を見つけたので、ライトバンの後部座席に押し込んで拉致《らち》したのだ。

そいつの名前が五木敬真であることは、胸につけていたフリースクールのネームプレートから分かった。

パシリとして役に立つかどうか不安だったが、とりあえずおれたちは「殴るぞ」と脅《おど》しながら、敬真に、あちこちの店で万引きをさせてきた。敬真のやつは最初は抵抗していたが、刃物をちらつかせると、だんだん大人しくなっていった。

幸い、警察の手は、おれたちのところまで伸びてはこなかった。そんなわけで、おれたちはどんどん敬真に仕事をさせ続けた。

だけど九月に入ると、敬真はついにこう言い出した。

——先輩たちのことは絶対に喋《しゃべ》らないから、家に帰らせてほしい。帰してくれなければ警察へ行く。

困ったおれたちは、相談したすえ、睡眠薬で眠らせてから始末してしまおう、という意見で一致したのだった。

これはテレビを見て知ったのだが、土屋というフリースクールの教師は、すい臓癌《がん》だか何かの病気にかかっていたらしく、七夕の日を最後に、治療に専念するため学校を辞《や》める予定になっていた。

医者をやっている敬真の父親が、土屋の病気を診《み》ることになっていたらしい。ともかく、最後の日とはいえ、そして病気の身とはいえ、もちろん土屋には生徒を監督する義務があった。

それを果たせず、大変な事件を起こしてしまったということで、土屋はかなり責任を感じていたようだ。すでに父親が人を雇《やと》って息子の行方を追っていたけれど、この教師自身も放射線治療とかいうものを受けながら、病気の体をおして、方々を捜し歩いていた。

その様子が何度かテレビで取り上げられて放送されていたので、おれも一度だけ見たことがあった。

「ねえ」

Sがグラスを握った手の人差し指を一本、ピンと立てた。

「これからやることを、今度は敬真の親父だけじゃなく、土屋って先生にも知らせてやろうか」

「そいつはいい」

Rも真似《まね》をして指を立てた。

「いままでは手紙だったけど、今回は写真にしたらどうかな。はっきりと〝死に目〟に会わせてやるんだよ」

「賛成。世間は大騒ぎだろうな。見ものだぜ」

「おまえらが撮れよ」

そうおれがSとRに言うと、

「残念でした」

Sが最近流行している使い捨てカメラを取り出し、レンズ部分を指先で軽く叩いてみせた。

「おれのは、もうフィルムの残りがないんだよね」

Rも相変わらず、自分のカメラにそんな証拠を残すのは嫌だ、と言い張った。「第一、現像に出したら店の人に通報されちまうだろ」

「それは言えるな。じゃあしょうがない。やっぱり手紙にしておこう」

Sがグラスを置き、その手をおれの肩に載せてきた。

「また頼むよ、Z。今回はクライマックスだから、特に力を入れてくれ。細かいところまで、できるだけ詳《くわ》しく、とことんリアルに書くんだ。その方が話題になる」

おれが何の返事もしないうちに、Sはさっさと立ち上がってしまった。

「じゃあ、やろうか」


包丁を手にしたRのあとから、おれは六畳間に入った。

部屋の中に入っても、Sは明かりを点けなかった。代わっておれが、天井の電灯から垂《た》れている紐《ひも》を引っ張った。けれども、それは点灯しなかった。

「壊れてるんだ」Sが言った。「このままじゃ、暗すぎるかな?」

「いや、かまわない」

襖を開けておけば、隣の部屋から光が入ってくる。かなり暗いけれど、目が慣れてくれば問題はないだろう。

部屋の隅《すみ》には、暗い色の服が丸めて置いてあった。敬真が着ていた上着だろう。Sがその服を敬真の頭にふわりと被せて、顔を見えなくした。

「こうしとこう。もしも刺したとたんに、かっと目を開けられたら怖いもんね」

そう言いながら、Sは、敬真の体を覆《おお》っていた羽毛の布団に手をかけ、胸が見える位置までずり下げた。

なるほど、かなり呼吸が浅く、遅くなっているらしく、胸はぜんぜん上下していない。

敬真はTシャツ一枚の姿だった。その白いシャツには、左の胸に一箇所、十円玉くらいの丸印がつけてあった。マジックペンで描かれたものらしい。

「分かりやすいように描いておいた」

Sが少し自慢げに言った。

「丸印の中心を狙《ねら》って刺すんだ」

おれは、分かった、と答えた。

Rもうなずいた。けれど、その顔は暗がりでもはっきりと分かるほど歪《ゆが》んでいた。

さっきの打ち合わせどおり、Sが敬真の枕元に、両膝《ひざ》で立った。

おれとRも、敬真の右と左に分かれて、膝立ちになった。

おれと向かい合わせになったRが、敬真の体の真上に、包丁を握った右手を突き出してきた。

尖った刃先は下を向いている。このままRが手を離せば、すとんと敬真の胸に突き刺さってしまうだろう。

それを防ぐためか、Sが刃先を指先でつまんだ。

おれも右手を伸ばして、Rと一緒に包丁の柄を持った。真ん中に棒を一本挟んで指相撲《ずもう》をするような形になった。

そこにSが、手の平を上から被せて言った。

「いいか、しつこいようだけど、刺したあとに刃を抜いちゃ駄目だからな。揺らしたりしても駄目だ。刺したあとは、じっと柄を握ったままにしておくんだ」

分かってる、と誰かが答えた。Rだろうか。もしかしたら、おれかもしれなかった。

「じゃあ、やるぞ」

包丁の刃先がTシャツに描かれた丸印に当てられた。

小学生のころに、この三人でやった狐狗狸《こっくり》さんを、おれは思い出した。あのときは、おれはぜんぜん力を入れていないのに、十円玉だけが勝手に動いたみたいな感じで、ちょっと不思議だった。いまも、ちょうどそんなふうだった。

「ま、待った」

とつぜん喘《あえ》ぐような声を出したのはRだった。

「どうした?」

「お、おれとZは、手を離しようがねえ。こうやって組んでいるし、そのうえ、う、上から押さえつけられてんだからな。だけどよ、S、おまえはどうなんだ」

「どうって？」

　Sが冷めた視線をRの方へ投げた。

「刺す直前に、ぱっと、手を離したりするんじゃ、ねえだろな。じ、自分だけよ」

「R、おれを信用しろよ」

「べつに疑っているわけじゃあ、ねえけどよ。こ、これぐらい重大なことを、やろうってんだ。裏切りは、絶対に許さねえぜ」

「だったら、みんなの手が離れないように、何かでくっつけておくか？　おれはそれでもかまわない。ガムテープが向こうの部屋にあるから、持ってきな」

「わ、分かった。もういい」

　RはSから目をそらした。

「もちろん、し、信じるさ。――は、早いとこ、片を付けちまおう」

　おれの鼻息はとても荒くなっていた。それに、喉の奥が「うっうっ」と勝手に呻《うめ》いている。できることなら、思いっきり叫び声をあげてしまいたかった。

　刃の先が薄いTシャツを突き破っても、敬真は身動き一つしなかった。

　もう少し深く刺すと、包丁の柄を握ったおれの手に、なにやら硬い感触が伝わってきた。刃先が肋骨《ろっこつ》にぶつかったせいだった。

けれども、すぐに横へ滑《すべ》ったらしく、そのあとは、たいした抵抗もなくするっと刺さって、胸の中に埋《う》まりきった。

ぶわっと噴出してきた血のせいで、Tシャツがみるみるどす黒く染まった。準備しておいたバスタオルを慌《あわ》てて押し当てる。

いまだに敬真は身動き一つしなかった。Sの飲ませた睡眠薬の効き目は、これほど強かったのかと驚いているうちに、今度はなんだか、軟らかいものに触っているような気がしてきた。

包丁の柄を握っているはずなのに、どうしたわけか、内臓とか筋肉とか脂肪とか、人間の体の中にあるそんなぐちゃっとした物を、手づかみにしているように感じられた。

おれはたまらず、うわっ、と声をあげそうになった。

でも、おれより一足先に、Rが叫んでいた。

Rは、わざとやってるんじゃないかと思えるくらい、大きく目をむいて、口を開け、ぶるぶると体を震わせていた。おれの目には、ギャグ漫画みたいに誇張して描かれた動きに見えた。

包丁からすぐにでも手を離したかったんだと思う。Rはわけの分からない声を出し続けながら、腕を大きく振ろうとした。

するとSが、空《あ》いている方の手で、Rの腕を押さえつけながら怒鳴《どな》った。

「我慢だ」

その一言で、Rはいくらか落ち着いたものの、顔は派手にひきつらせたままだった。

「ほ、本当に、しん、死んだのかよ」

Sに訊いたおれの声は裏返っていた。どうしても、まともに喋れなかった。

Sは空いている方の手で、敬真の顔から服をめくり、彼の口元に自分の頬《ほ》っぺたを近づけた。

「死んだ。息をしてない」

井戸の底へ下りたら梯子《はしご》を外された。そんな気がした。

ついに人を殺してしまった。もう戻れない。

「いいか。まず、おれが手を離す。そのあとはRだ。悪いけど、Zは最後だ。慌てるなよ」

Sの命令は拷問《ごうもん》に等しい言葉だったけれど、おれは歯を食いしばるようにしてうなずいた。

Sが、被せていた手の平を、ゆっくりと持ち上げた。

「そっと、一人ずつだぞ」

Rが離す番になったので、おれは手の平を少し浮かせて、彼の指が外れやすいようにしてやった。

そうして、包丁を握っているのが、おれ一人だけになった。

もちろんおれは、すぐに手を離そうとした。

ところが、指先がぜんぜん言うことを聞かなかった。いくら頭で命じても、自分の指は五本とも、包丁の柄をしっかり握ったままだった。まるで他人の手に向かって、動け動けと、必死に念を送っているみたいだった。

「静かにしろ」

ぴしっとSに叱《しか》られて初めて、自分の口から悲鳴のような声が漏《も》れていたことに、おれは気がついた。

「手伝うから、肩の力を抜いて」

そう言うとSは、おれの指を一本ずつゆっくりと外しにかかった。

そのあいだ、おれは目をつぶっていることにした。

ずずっと鼻水を啜《すす》り上げる音が、向かい側から聞こえてきた。薄く目を開けてみると、Rが顔を歪めて涙を流していた。

Sは、おれの指をぜんぶ包丁の柄から外したあと、そばにあったティッシュペーパーの箱から一枚抜き取り、黙ってRに差し出した。

Rはそれで洟《はな》をかんだ。かんだあとの紙は、Sが受け取り、屑籠《くずかご》に捨てた。

二人のやりとりを見ながら、おれはぼんやりと考えた。

これで終わったわけじゃない。あと一つ仕事が残っている。

死体の処分だ。

どこかに捨てなきゃいけない。捨てやすいようにするには、バラバラに解体する必要がある。

もちろん死体の切断なんてやりたくない。そんなことをするくらいなら、警察に捕まった方がましかもしれない。いっそのこと、自首しようか……。

ともすれば、弱気が顔を覗かせた。

――じゃあ、次の仕事をやろうぜ。

無理しておれは、二人に向かってそう言おうとした。

だけど、いきなりRが立ち上がったせいで、口にできたのは「じゃ」までだった。

ふらふらとした足取りで六畳間から出ていこうとするRに、

「どこへ行く?」

とSが声をかけた。おれもRの背中に同じ質問をした。

でもRは、答えるどころか、振り返りもせずに部屋を出ていった。

彼を追って、おれも立ち上がった。足にはっきりした感覚がなくて、体がふわふわと宙に浮いているように感じられた。

おれが六畳間を出たころには、Rはもう靴脱ぎ場にいて、ドアの鍵を開けようとしていた。

「おい、待てよ」

おれは急いでRのそばへ駆け寄ると、服の裾《すそ》を引っ張った。

「まだやることがあるだろ。自分だけ逃げるつもりかよ」

Rが振り返った。顔の左右両端が垂れ下がって、その反対に真ん中が持ち上がった、見るからに惨《みじ》めったらしい表情になっていた。唇は細かく震えていて、そこから、やけに聞き取りづらい声がぽつりと漏れてきた。

「……頼むよ」

「何をだ？」

おれはRの腕をぎゅっと握った。

「何を頼むんだ？　言ってみろ」

「……勘弁してくれよ。……お、おれ、もう駄目だよ。……降ろさせてくれよ。……頼むよ」

「甘えんな」

おれはRの腕から手を離すと、今度は襟首《えりくび》をつかみ、彼の背中をドアに押し付けた。

「やるんだ。ここまできたんだから、もうやるしかないんだ」

Rは、唇の端から涎《よだれ》を垂らしながら「できないよ」と言った。

「しっかりしろ」

おれは、Rの頬っぺたに一発、平手打ちを入れた。

「おまえ、こんなみっともないところを仲間の前で見せて、恥ずかしくないのかよ」

頬っぺたを張られても、Rはこっちを見ようとしなかった。代わりに、万力《まんりき》で締めつけるみたいに、自分の両手で頭を抱《かか》えると、きつく目を閉じてしまった。

「……もう、もう駄目だ。……お、おれたち、捕まる……」

「泣き言はやめろ。しっかりしろ」

「……捕まるって。……さ、最初から無理だったんだ。ひ、人殺しなんてよ。……そ、そんなことやっちまったら、逃げ切れるはずがねえよ」

「ふざけんな。おまえだろうが。敬真をバラそうって最初に言い出したのは。いまになって、なに勝手なこと言ってやがんだ」

もう一発、ぶっ叩いてやるつもりで、おれは手を振り上げた。

そこへSが割って入った。

「落ち着けよ。仲間割れなんてしてる場合じゃないだろ」

「だったらよ」

まだ少しバツの悪い思いを抱えながら、おれはSに訊いた。

「死体はどうすんだ？」

Sは、Rのそばにしゃがんだまま、こっちを見上げて答えた。

「ここに置いたままでもいいさ。一晩くらいなら」

「でも、おまえはかまわないのか？　自分の部屋に、そんなもん置きっぱなしにするなんて」

「かまわない。ただし一晩だけだ。明日の夜、七時になったら、またここへ集まろう。そんときに必ずけりをつけるんだ」

明日か……。

おれは唇を嚙《か》んだ。今日中にすべてを終えてしまいたかったからだ。

死体を残しておいたら、新しい不安を抱えることになる。人殺しがばれるんじゃないか……。考えてみれば、それは、拉致監禁や万引き強要がばれるよりも、もっともっと大きな不安だった。

敬真を殺したのは不安をなくすためだったのに、それが残るんだったら意味がない。だから、おれはすぐに全部を片付けてしまいたかった。

けれども、Rが脱落し、Sがそう言う以上、明日に持ち越すしかなかった。

「分かった」

渋々ながら答えてから、おれは訊いた。

「でも、そのあいだに、誰かに見つかったりしないか？　Sのおやじさんとかおふくろさんが、この部屋に入ってきたらどうする？　おやじさんは合鍵を持ってるんだろ？」

「持ってる。でも、合鍵のある場所は、おれも知ってる。いまから実家に戻って、すぐにそれをどっかに隠しておくから、だいじょうぶだ」

「そうか。だけど念のために、死体はあの中に入れておいたらどうだ？」

そう言って、おれは冷蔵庫を指さした。

敬真は小柄で、あの冷蔵庫は大きい。中の棚を取っ払ってしまえば、なんとか入るかもしれない。そうしておけば、腐《くさ》るのを防げるだろうし、もしも誰かがこの部屋に入ってきても、すぐには見つからない。

いい考えだと思ったが、いざ実際にやってみると、どんなふうに体を曲げても冷蔵庫内におさまりそうになかった。

Sがそばに寄ってきて、おれの肩を軽く叩いた。

「ずっとクーラーをかけておけばいいよ。たった一日置くだけなんだ。部屋の温度を低くさえしておけば、腐りはしないさ」

おれは死んだ鰻《うなぎ》を思わせる敬真の白い腕を放して立ち上がった。

「それしかないな……。じゃあ、今日はこれで解散か？」

「そうしよう」

「明日さえ」と、おれは思わず呟《つぶや》いていた。「明日さえ乗り越えたら、それでぜんぶ終わるんだ……」

＊

【光太郎《こうたろう》、すぐに電話ください。父母】

【奈緒美《なおみ》へ。父さんの七回忌《き》までには帰りなさい。登美子《とみこ》】

【照良《てるよし》よ、過去は不問に付す。ただちに戻れ。両親】

教え子の敬真が学校の前で姿を消した七夕の日以来すっかり、〝尋ね人〟の欄《らん》を見る癖がついてしまっている。

この小さな囲み記事を読んでいると、いつも体の中を、木枯《こが》らしのようなうそ寒い風が吹き抜けていくように感じられてならない。

新聞をラックに戻しても、まだ名前は呼ばれなかった。

上着の懐《ふところ》に手を入れ、封筒を取り出した。

【Sの住むアパートから少し離れた位置にコンビニがあった】から始まる手書きの手記を取り出し、また読み始める。

ボールペン書きの、上手いとは言いかねる字だった。筆跡をごまかすために、わざと下手に書いたことは明白だ。他に特徴といえば、筆記に使われたのが安いペンらしく、ペン先のボール表面にインクが乗り切っておらず、ところどころ二重線になっている点だろうか。

郵送されてきた手記は、これで四通目になる。

最初は三カ月前、九月上旬のことだった。敬真の行方を求めて二カ月あまり方々を捜し回ったが見つからず、さすがに捜索を諦めかけていた頃のことだ。

過去三回の手記には、窃盗や雑用を強要される敬真の過酷な生活が綴《つづ》られていた。敬真の父、五木昌和《まさかず》宛てに送られてきたそれらの文面を読ませてもらうたびに、わたしは、失いつつあった捜索への意欲を強くかき立てられてきたものだった。

二週間ばかり前、この四通目を五木と同時に受け取ったあと、わたしたちはすぐに、県内にあるほとんどの警察署を訪問し、不良少年グループを捜査してくれるよう、必死に頼み込んで歩いた。

自分自身でも、教師仲間のつてをたどり、三人組で行動している少年グループを何組も、夢中になって調べて回った。

「土屋さん、土屋孝典《たかのり》さん」

看護師に名前を呼ばれて、わたしは手記から顔を上げた。

診察室に入ると、最初に目に飛び込んでくるのは、壁に飾られた何枚かの絵だった。

構図も何もあったものではない。描かれているものが、人や花、車であることがかろうじて分かる、といったレベルの作品ばかりだ。どれも幼い子供の手によるものだから、それも当然なのだが。

この『五木総合クリニック』の建物は、去年まで『モミの木こども園』という児童養護施設の事務棟として使われていた。前身の名残《なごり》であるこれらの絵を見ていると、それがたとえ、クレヨンで引かれた乱雑な囲み線の中を水彩絵の具でべたっと塗りつぶしただけの代物だとしても、不思議と心が休まるのを覚えることができた。

五木はこちらに肉の落ちた背中を見せていた。息子の敬真がいなくなって以来、わたしの主治医は痩《や》せていく一方だった。

例の手記については、もちろん警察に持っていったし、そしてこの五木医師にも見せてある。

だが、病気の体をおして動き回り、敬真の行方を捜していることは、五木には内緒にしていた。もしかしたら、五木の方は薄々勘づいているのかもしれないが。

咳払いをすることで、わたしが入ってきたことを伝えた。

五木が振り返った。驚いたことに、彼は黒縁《くろぶち》の眼鏡《めがね》をかけていた。ただの眼鏡ではない。太い眉毛と赤いプラスチック製の鼻がついたパーティー用のグッズだ。

彼が、会うたびにわたしを笑わせようとするのは、いつものことだった。

監督責任があったにもかかわらず、五木の息子を見失ってしまったわたしは、もちろん彼に強い罪悪感を覚えている。一方で、五木もそんなわたしに気を遣っているのだ。

「笑いはですね」五木は鼻眼鏡をかけたまま言った。「最良の薬と言われているんです。なぜだか分かりますか」

なぜだろう。わたしは診察室の窓から外を見やった。東側に建つ百貨店。その外壁に掲げられた大きな時計が目に入る。

文字盤のデザインが、あの有名なウエストミンスター宮殿に付属する時計のそれと同じだった。写真にほとんど興味のないわたしも、この時計だけは撮影しておきたいと思い、使い捨てカメラなるものを、つい購入してしまったものだった。

「副作用がないから、ですか」

〝地元のビッグ・ベン〟を見ながら考えた、それがわたしの答えだった。

「正解です。でも、もっといい治療法があるんです。それは病気を忘れてしまうことです」

前にも聞いた話だった。医学の世界には「病気を忘れるときに病気が治る」という言葉があるらしい。仕事に没頭するうちに癌が治ったという例も、いくつか報告されているようだ。

「さて、先日の検査結果が出ました。こちらです」

五木は紙に印刷したレントゲン写真を診察机に置いた。写真の下には五木のコメントが書き添えてある。

「これについて説明する前に、ちょっとお体を見せていただけますか」

五木は聴診器のイヤーチップを耳に嵌《は》めながら、服を捲《まく》り上げて、というジェスチャーをしてみせた。

わたしは上着を脱いだ。その際、内ポケットに入れていた手記の入った封筒が床に落ちた。

拾い上げ、ポケットに戻しながら、わたしは改めて思った。

まだ希望を捨てるわけにはいかない。敬真は生きているかもしれないのだから、と。

そう思えるのは、この手記がフィクションに違いないからだった。

まず、Sなる人物の行動がおかしい。遺体の解体は翌日に延期しよう。そんな決断を下しているが、一度解散してしまえば、ZとRに逃亡されてしまうかもしれない。部屋の主としては、どうあってもすぐに処分しようとするのが自然ではないか。

もう一つ引っ掛かってならない箇所は、三人が一緒になって敬真を刺す部分だった。昨日になってようやく気づいたのだが、どう考えてもあの描写は、明らかに他からヒントを得て書かれたものに違いないのだ。つまり創作だ。一部が創作だとなれば、この手記全体がフィクションであるという疑いも当然生じてくる。

そしていまのわたしには、これが誰の手で創作されたものであるかも、だいたい見当がついていた。

この手記の書き手は、病気を忘れさせるために、わたしを強く刺激する必要があったのだろう。だが、フィクションとはいえ、紙の上で自分の息子を殺さなければならなかった気持ちは如何《いか》ばかりだったたか。

予想以上に退縮が進み、ほぼ消滅しかかっている病巣のレントゲン写真。それを横目で見やりながら、わたしは服のボタンを外した。

続いて肌着の裾を目一杯たくし上げ、三方向から当てる放射線の目印として、皮膚に直接マジックインキで丸印が描かれたすい臓の部位も、はっきりと五木の目に触れるようにした。

第八章　交点の香り

●箱村新造《はこむらしんぞう》の供述

……分かりました。七月五日のことを、正直にお話しいたします。

彼女の家に向かったのは、午後九時ごろでした。

門から入ったあと、玄関ではなく、庭の方へ回ったんですが、そこには蚊《か》がたくさんいたので閉口しました。やつらは、人間が吐《は》き出す息に含まれる二酸化炭素を嗅《か》ぎつけて寄ってくるといいますね。つまり刺されたくなかったら、呼吸をしなければいいわけです。

でもこっちは、心臓がいまにも破裂しそうなほど激しく鼓動《こどう》していたわけですから、息を止めることなんて、一秒たりともできはしません。

防虫スプレーでも持ってくればよかったのですが、持参したナップザックに入れてきたものは、あいにくとペンライトと地下足袋《じかたび》、それに霧吹きだけでした。久しぶりの仕事で、勘が鈍《にぶ》っていたんでしょうかね。

手で追い払おうとしてもきりがありませんでした。だからといって叩《たた》いて潰《つぶ》すわけにもいかないですよね。音を立てることは自殺行為です。そんなことをすれば、痛い目を見るのは自分の方ですから。

しかたなく、刺されるままにして、とりあえず、ガラス窓に片方の耳朶《じだ》を密着させました。

冷たく感じたのは最初だけでしたよ。ガラスはすぐに、自分の顔が持つ熱のせいで、じとっと嫌な湿気を帯《お》びはじめました。耳を澄ませてみても、なかに人がいるのかどうか、よく分かりませんでした。

しばらくして胸の拍動がおさまってみると、どうやら何の物音もしないようでした。

そこでようやく、持っていた百円ライターを擦《こす》りました。意外に大きな着火音がして、反射的に首をすくめてしまいましたね。

小さなつまみを目いっぱい端へ寄せ、炎を人差し指ほどの長さにしました。ときおり思い出したようにぐらりと左右に揺れるその先端を、そっとガラスに近づけたときには、もう蚊の攻撃も気にならないくらい作業に集中していましたよ。

点火から三分ほどしてライターの火を消し、地面に置いたナップザックの中から霧吹きを取り出しました。

うまい具合にガラスが壊れましてね。できた穴から手を突っ込むと、簡単にクレセント錠を外すことができました。

ええ。「焼き破り」ってやつです。これまで何度かやってみた方法ですが、こうまでスムーズにいったのは初めてでしたから、嬉《うれ》しくなってしまって、うっかり声を出してしまうところでしたよ。

いけませんね。空《あ》き巣狙《すねら》いにとって最大のタブーは、物音を立てることなんですから。

ぶつっ、と二の腕に冷たいものを感じたのは、靴を脱いで、部屋の中に身をすべりこませようとしたときのことでした。

すぐに頭上から水滴がいくつも落ちてきました。雨もまた、わたしのような侵入盗犯にしてみればやっかいな敵です。地面がぬかるめば足跡が残ってしまいますから。

いいえ、それよりも何よりも、雨音のせいで聴覚が乱され、家人が帰ってきたことに気づかないでいることが恐ろしいんです。

――今日一日は晴れで経過するでしょう。

たしか、朝のニュースではそう言っていたはずなんですが。でも天気予報が必ずしも当たるとは限りません。特に最近は大気の状態が不安定なせいか、連日のように外れていましたものね。

サングラスやマスクですか？　していませんでした。たしかに素顔を晒《さら》していることについては、とても不安でしたよ。でも、この蒸し暑さで目出し帽を被《かぶ》ることは拷問《ごうもん》に等しいし、暗闇の中でサングラスをしていたら仕事になりません。ストッキングで覆《おお》っても視界が悪くなりますし。

こうなると、スピードが何よりも重要です。万が一顔を見られでもしたらことですから、とにかくさっさと仕事を終えて退散するしかありません。

脱いだ靴をナップザックに入れ、代わりに地下足袋を穿《は》くと、光が外へ漏《も》れないように注意しながら、ペンライトを点《つ》けました。

一階をざっと物色してみましたが、目ぼしいものはありませんでした。

でも、何もせず引き返すってのは惜しいじゃありませんか。ここの住人は、今日は深夜まで帰ってこない、という情報を事前に得ていましたので、二階へも行ってみることにしました。

ほっとしたのは、二階の部屋は洋間で、絨毯《じゅうたん》が敷《し》かれていたことです。足音を殺せる床というのは、我々にはとてもありがたいものです。

その部屋は、和室にすれば十畳分ほどもあったでしょうか。けっこう広かったのですが、佇《たたず》まいは、どちらかといえば質素だと感じました。女性の部屋だということも事前情報で分かっていましたので、室内に薄く漂《ただよ》っている化粧品の匂《にお》いを嗅いでも、無駄に興奮するなんてことはありませんでしたよ。

息を殺して室内を物色し始めてから、五分ぐらいたったころだと思います。雨音が急に大きくなり、雷の音も聞こえてきたんです。これは危険かな、と感じていったん手を止めました。周囲があまりうるさいと、家人が帰ってきたことを知らせる玄関の物音を聞き逃してしまいそうでしたから。

それに、このところ湿度が高いせいか、体が疲れていましたのでね。こういうときにいい獲物が手に入ったりすると、つい安心してしまって、急に眠気に襲われることがあるんですよ。事実、そういう同業者がいるんですよね。目蓋《まぶた》が重くなって床に倒れ込んだと思ったら、二時間近くもたっていて、結局逃げ遅れた、なんて話を耳にしたのは一回や二回じゃありません。

今日のところは諦《あきら》めた方が賢明だと、何度か自分に言い聞かせたんですよ。にもかかわらず、引き続き室内に留《とど》まって、部屋の奥にあった机の抽斗《ひきだし》に手を伸ばしてしまったのは、声がしたからです。そこを開けてみろ、いいものが入っているから、って誰かが囁《ささや》く声がしたんですよね。

いいえ、もちろん誰かが近くで喋《しゃべ》ったわけじゃありません。要するに、自分の勘ってやつですよ。

机の袖には、抽斗が三段になってついていました。まず一番下を開けましたが、これといったものがなかったので、すぐ二段目に移りました。

そこに入っていたのは、洒落《しゃれ》たデザインの小瓶《こびん》でした。柑橘《かんきつ》系の——たぶんマンダリンだと思います――いい匂いがしましたね。どうやら中身は香水のようでした。

ペンライトを向けてみると、瓶には何やらアルファベットが書いてあります。いま考えれば有名なブランド名だったのですが、そのときは気持ちが焦《あせ》っていて頭が回らなかったようで、うまく読めなかったんです。

とりあえず、見た感じで値の張るものだと分かりました。瓶のラベルには「UNISEX」という文字も見えたので、男女兼用の商品だということも分かりました。これなら故買屋《こばい》に捌《さば》けなくても自分で使えばいいや。そう考えながら、ペンライトの光を消し、その小瓶をナップザックの中に落とし込みました。

そのときでしたよ。雷雨とは別の小さな物音が聞こえたのは。

部屋の外側で、誰かが廊下の床を踏みしめた音でした。

家人が帰ってきたわけです。懸念したとおり、雨音のせいで玄関の音を聞き逃してしまって、相手がドア一枚へだてた距離に来てから、ようやく気づいたわけです。

わたしは、入り口ドアに背を向ける格好で立っていました。肝《きも》を潰している暇《ひま》もなく、反射的に腰から上だけを背後に捻《ひね》り、ドアの方へ目をやりました。そのときにはもう、廊下の明かりと一緒に人影が部屋の中へと入ってきていました。

人影はまず、壁へ手を伸ばし、電灯のスイッチを入れたわけですが、明かりが点く前からシルエットで女性だということは分かっていました。

歳は三十代の半《なか》ばといったところでしょう。顔立ちはありふれていますが、ふっくらした頬《ほお》が、わたしの目にはちょっと魅力的に映りました。

彼女は、手にしていたショルダーバッグを床のクッションに置きました。肩で呼吸をしているようでした。やや太りぎみの体型をしているし、いま階段を上ってきたばかりなのだろうから、別に不自然なことではありませんけれど。額《ひたい》に汗が浮き上がり前髪が何本かはりついていました。それも、この暑さでは仕方のないことでしょう。

……すみません。そんな情報は、いまはあまり関係ありませんね。肝心《かんじん》なのは、彼女をわたしが見たのは、そのときが初めてではなかった、ということです。

かといって知り合いというわけでもありません。遠くから二、三回見かけたことがある、というだけのことでしたから。どこで見たのかといいますと、『モミの木こども園』という児童養護施設です。

このとおり、他人様《ひと》に迷惑をかけることで口を糊《のり》している身ですから、せめてもの罪滅ぼしをと思い、ときどき同園でボランティアをさせてもらっているのです。木工がちょっとできますので、主に、廃材を使って子供たちに玩具《おもちゃ》を作ってやったりしているんです。

女性は、その施設で働いている人でした。話をしたことはありませんが、遊戯《ゆうぎ》室で子供たちにピアノを弾《ひ》いてやっている姿をちらりと目にしたことがありました。それから、苗字《みょうじ》が町元《まちもと》だということも知っていました。

実は、この家の住人が、今日の夜は留守にしている、という情報をつかんだのも、その施設でのことなのです。

そこで出会って、特に仲が良くなった子がいましてね。まだ小学五年生なんですが、なかなか賢くて、よく高校生向けの文学全集なんかを読んでいるんです。彼から聞いたんですよ。

「七月五日は、町元先生から夜遅くまでピアノを習うんだ」と。

その子は、わたしを父親のように慕《した》ってくれてもいますから、彼の口から出た言葉なら信用できると思った次第です。

それに、聞いてみると件《くだん》の家は、この堀手《ほりで》署の近所だということでした。灯台下《もと》暗しの喩《たと》えどおり、治安維持の拠点がそばにあるとの安心感から、無用心にしている家が多いはずだろうという読みもあり、侵入を決意したわけです。

話を戻します。

驚いてその場に固まってしまったわたしにできたのは、目をつぶることだけでした。大声を出されてしまうだろうことを覚悟したわけです。

ところが、おそるおそる目を開けてみますと、意外なことに、相手は逃げもしなければ騒ぎもしませんでした。

そうする代わりに彼女は、視線を宙にさまよわせ、障害物を探《さぐ》るように片手を突き出し、もう片方の手を壁につきながら、ゆっくりと、こちらへ向かって歩き始めたのです。

どうやら彼女は、目が見えないようでした。

先ほども言いましたとおり、わたしは彼女を遠くからしか見たことがなかったので、視覚に障害を持っているということを、そのときまで知りませんでした。

外から見た限り、彼女の目には病気や外傷の痕跡がなかったので、視神経か脳の働きに問題があるのだろうと思いました。

両方の目蓋はしっかりと開いていましたが、たどたどしい歩き方を見るかぎり、完全に視力を失っているようでした。それは裸眼であることからもうかがい知れました。わずかでも視力があれば眼鏡《めがね》をかけているはずです。

だとしたら、こっちの存在はまだ気づかれてはいない、ということになります。ならば無理に暴力を振るう必要もない。気配を悟られぬように動かないでじっと待ち、彼女が部屋から出ていったら、こちらも退散すればいいわけです。

もしもこのまま、彼女が部屋の中に留まった場合はどうするか。そのときはそのときだと肚《はら》をくくり、まずは黙って様子を見ることにしました。

とりあえずは安堵《あんど》しましたが、油断は禁物です。視覚障害者は目にハンディを抱《かか》えた分だけ、鼻や耳が鋭いといいますから。

そう、臭いが心配でした。自分の体臭や衣服の臭いです。わたしは、こまめに洗濯をする方ではありませんから、異臭を放ったりはしていないだろうかと不安になったのです。着ていたシャツの肩口を持ち上げ、鼻を寄せてみたりもしました。だが自分の臭いには嗅覚《きゅうかく》が麻痺《まひ》しているらしく、嗅いだものが異臭の範疇《はんちゅう》に入るのかどうか、よく分かりませんでした。

息遣いを悟られはしないだろうか。その点も不安でした。できるかぎり鼻腔《びこう》を広げ、ゆっくり呼吸をすることに努めました。

身じろぎ一つするにも注意が必要でした。体を動かせばどうしたって衣擦《きぬず》れの音がします。相手に気づかれないためには、じっとしているしかありません。

それにしても、ただ石になっていることが、あんなに辛いとは思いませんでした。ああいうのを本当のストレスというんでしょうね、臍《へそ》のあたりに、何か重たいものがどんどん蓄積されていくのが、はっきりと分かるのです。

もちろんのこと、かなり緊張しました。そのうち胃の壁に穴が空《あ》くのではと、本気で心配になってきたぐらいです。動きたい。いますぐ滅茶苦茶に胴体を捩《よじ》り、思う存分手足を振り回すことができたら、どれほどすっきりすることだろうか……。

そんなことを考えているうちに、彼女がすぐ横にやってきました。鼻の粘膜が、先ほど嗅いだのと同じ香水の匂いによって、新たにくすぐられました。

こちらから、わずか数十センチの距離にまで近づいても、彼女は視線を空中に向けたまま、腕を前に伸ばし、一定のペースで歩み続けていました。

そして、こちらのすぐ右側を回り込むようにして目の前を通り過ぎ、机の前へと到達すると、天板やら脚やらを触り始めました。

その手がやがて抽斗を探り当て、指が下から二段目の把手《とって》を引っ張りました。

箱の中に手を入れます。どうやら、例の香水を捜しているようでした。

やがて彼女の顔が奇妙な形に歪《ゆが》んだように見えました。捜しものが見つからず、困惑したようでした。

わたしは、もう少しで腕を動かしてしまいそうでした。頭髪の生《は》え際あたりが、じわりと湿ったのを感じたので、その汗を拭《ふ》きたかったのです。

しまったはずの場所からものが失《う》せていたら、誰だって、泥棒が入ったのでは、との疑いを抱《いだ》くものでしょう。下手をすると隣人や警察に通報するかもしれない。

わたしはナップザックの中で香水の瓶を手探りでつかみました。こんなものは別に欲しくはなかった。欲しくもないもののせいで御用になったのではたまりません。

自分が立っていた場所と、二段目の抽斗との距離は、ちょうど腕一本の長さほどしかありません。体を少し傾《かたむ》けるだけで抽斗の底まで届きます。

でも底板に置いたりすれば、どうしても音がしてしまう。したがって底板からすれすれの位置で支え、相手につかませてやるしかありませんでした。

息を止め、彼女の方へ腕を伸ばしました。香水を持った指先が震えてしかたありませんでした。

どうにか無事に渡し終えました。

震えという点では相手も同じでした。彼女もまた、体をわななかせているのです。頬を引き攣《つ》らせ、息もだいぶ荒くさせていました。

そんな様子でしたから、わたしは思ったんです。もしかしたらこの香水は、友人からでも借りたものだったのだろう。他人のものだから、失くしてしまったことに責任を感じて、激しく動揺しているに違いない、と。

彼女は手に小瓶を握り締め、背中を向けて去っていきました。どうやら部屋に入ってきた目的は、香水だけだったようです。

彼女が消えたら、こちらも窓から退散すればいい。そう考えましたが、まだ安堵を覚えることはできませんでした。

何か大きな見落としをしているように思えてならなかったからです。

●町元和江《かずえ》の供述

七月五日の晩といえば……。

空からぽつりと落ちてきた最初の雨粒が、妙に生温《なまぬる》かったのを、いまでもよく覚えています。人間の脳ってどうなっているんでしょうね。あんな出来事があったのに、こんな細かいことが強く記憶に残っているなんて不思議だと思いませんか？

雨脚はたちまち激しくなって、アスファルトが嫌な臭いを放ち始めました。寿命がきた蛍光灯みたいに夜空が瞬《またた》いて、雷鳴が転がっていきました。光と音の間隔は二秒もないようでした。

自宅にたどり着くまで、まだ数百メートルも距離が残っていたのに、降られてしまったんです。予報では晴れとなっていましたから、傘は持っていませんでした。

通勤するときは、いつも杖を持つようにしているのですが、それを折り畳んでバッグにしまいました。そして、コンビニで買った夕飯が入っている袋を頭髪のうえにかざし、足を速めました。

玄関口で、濡《ぬ》れた髪にハンカチを当てながら、家の中に上がりました。

台所に寄って、買ってきた惣菜《そうざい》を食卓に置いてから、二階へと向かいました。暑いので出勤前に窓を薄めに開けておいたのですが、この天気では雨が入り込んで絨毯が濡れているかもしれません。早く閉めなければならないと思ったのです。

階段を上るのは苦痛というか、不快でした。一段歩を進めるたびに、気温が徐々に高くなっていくのがはっきりと分かりましたから。

二階に上がったとき、また雷の大きな音がしました。近くに落ちたのかもしれません、家がかすかに震えたようにも思えました。

眉毛に汗が入り込むのを感じながら、自室のドアの前に立ちました。

ドアを開けてすぐ、おやっと思いました。湿気のせいで雑菌が繁殖《はんしょく》したのでしょうか、普段とは違うおかしな臭いが部屋の中を漂っているのです。

体を室内に入れ、左手でドアを閉めながら、右手で電灯のスイッチを探りました。明かりが点くと、持っていたショルダーバッグを、床のクッションの上に置きました。早く窓を閉めなければと思い、部屋の奥に向かって足を踏み出しました。

そして目にしたんです。自分の机の前に、人間が一人立っているのを。

男の人でした。身長は百八十センチ近くあるかもしれません。そのときは後ろ向きでしたが、腰と首をこちらへ捻っているため、人相はよく分かりました。

驚いたことに、見たことがある人でした。『モミの木こども園』に、ボランティアでときどき姿を見せる人だったんです。

なぜこの人がわたしの家にいるんだろう。

疑問に思ったのは一瞬でした。すぐに、彼の正体は泥棒だったんだと悟りました。

刑事さんはもちろんご存じだと思いますが、泥棒の嫌がる三大条件というのがあるみたいですね。一に「人の目」、二に「音」、三に「光」だそうです。そう近所の人から教えられたことがあります。

ついでに忠告もされていました。「このあたりは人の目がないから、せめてセンサーつきの照明装置でも玄関に取り付けておいた方がいいですよ」って。

やらなくちゃとは思っていたのですが、つい面倒になってそのままにしていた自分を、思いっきり叱《しか》り付けてやりたい気分になりました。

その泥棒ですが、手にナップザックを持っていました。きっとあの中に盗んだものを入れるつもりなのだろう。あるいは、すでに何か入っているかもしれない。そう考えたら、怖くなりました。

泥棒なら、襲いかかってくるかもしれません。顔を見られてしまった以上、目撃者の口を塞《ふさ》がなければならないはずですから。揉《も》み合いになったら、体格の差からして、こちらに勝ち目はないでしょう。

泥棒の体型というのは、普通、痩《や》せていて小柄なものだ、と聞いたことがあります。だとしたら、百八十ぐらいある目の前の男は、この稼業には向いていないだろうな、なんていう考えが頭をかすめたりもしましたが、一番強く思ったのは、もちろん、早く逃げなければ、ということでした。

　けれど、考えてみれば、それはできないのです。

　わたしは目が見えないふりをして暮らしています。そうして障害年金を詐取《さしゅ》しているのです。現在の勤務先である児童養護施設にも、障害者枠で職を得ることができています。

　普段から、近所の人に見られないよう、買い物などは、あえて自宅から遠い店でするようにしています。あの晩のように、通勤や帰宅の途中で雨に降られたりすると、走るのに邪魔な白杖《はくじょう》を折り畳んでバッグにしまったりもしますが、その際は、かならず周囲に人目がないのを確かめるようにもしています。

　そんなわたしが、ここで逃げ出し、外にいる人に助けを求めたりしたら、目が見えていることが世間にバレてしまうのですから――。

　彼の姿を目にしてから、これだけのことを考えたわけですが、それに要した時間はほんの一瞬だったと思います。時計の秒針が一刻み動いたかどうかでしょう。文字を読むように思考を辿《たど》ったのではなく、絵を見るように一瞬で全てを感じ取った、と言った方が正確かもしれません。

　わたしはとっさに相手から視線を外しました。

　そして、ドアノブを握ったままになっていた左手を、前方へ突き出しました。電灯のスイッチに添えていた右手は、すっと横にずらし、その先にある壁を撫《な》でるようにしました。

そして、固まっていた両足を、ストッキングで絨毯を拭くようにしながらゆっくりと動かし、部屋の奥に向かって進み始めました。

犯人の方がこっち以上に驚いているし、慌《あわ》てているに違いない——そう何度も自分に言い聞かせていたと思います。

こんな状況でも、視覚障害者のふりをすることを選んだ自分に、内心で驚きつつ、少しずつ部屋の奥へと向かっていきました。絶対に彼と目を合わせないように注意し、それでいて相手の反応を片時も見失うことなく視野の隅《すみ》でとらえながら、歩を進めていくと、脱ぎ捨ててあった衣服が爪先《つまさき》に触れました。

それと、顔を向けて確認するわけにはいかなかったのですが、たしかストッキングの爪先に穴が空いていたはずです。彼に見られたらと思うと、恥ずかしくてなりませんでした。

反対に幸運だったのは、水彩画の道具を、このときばかりは、きちんとしまっておいたことでした。もし普段どおり部屋に出しっぱなしにしていたら、盲人がどうして絵なんか描けるんだ、ということになって、相手から怪《あや》しまれていたところでした。

ええ、わたしの趣味は水彩画を描くことなんです。きっと反動というものなんでしょうね。人前ではいつも目が見えないふりをしているものですから、一人になったときは、思いっきり視覚を使うことをやりたくなるんです。そんなわけで、いつの間にか絵筆を握らないと落ち着かないほどになっていました。

話を戻しますと、わたしは、この部屋に香水を取りにきたことにしました。香水を選んだことには、それなりの理由があります。目が見えないのだから、取りに来たものは、嗅覚か触覚などを頼りに捜し当てることができるものでなければいけなかったのです。手触りに特徴があったり、あるいは匂いが情報源になっているものが最適だったわけです。そう考えた末、この条件を両方とも満たすものが、香水でした。

それならば、目ではなく鼻でその所在を突き止めることができたとしても無理はないでしょうし、また、洒落たデザインの瓶に入っているから触ればすぐにそれと分かるはずなのです。これ以上適当なものはないと確信しました。

ところが、二段目の抽斗を開けてもそれがありません。たしかにそこに入れておいたはずなのに。

え？　どうして男女兼用なのか、というご質問ですか？

……お恥ずかしい話ですが、自分に恋人ができたとき、その相手とお揃いの匂いを纏《まと》っていたかったからです。

どこにやってしまったのだろうと戸惑《とまど》っていると、相手が抽斗の中へ、手に持った瓶を差し出してきたのです。

その指先が小刻みに震えているので、彼もだいぶ緊張していることが分かりました。彼にしてみれば、自分の手が相手のそれに接触しないように気をつけていなければならないのですから、それは神経を遣うはずです。

こちらも気を抜けませんでした。うっかり相手の手にぶつかったりしたら、不審がる演技をしなければなりません。ですから、わたしも彼の手に触れないように注意し、彼が差し出した小瓶を掴《つか》むと「あっ、あった」と呟《つぶや》いてみせました。緊張のためか、声が掠《かす》れてしまいましたが……。

彼は亀のようにゆっくりと手を引っ込めました。渡し終えて安心した様子でした。

こちらも、早く部屋から出ようとしました。

同じ要領で、わずか三メートルばかりの距離を引き返せばいいだけです。

あとは一階へ戻り、家から出て、この泥棒が立ち去ってくれるのを待てばいいだけのことです。

そのころには、相手が追ってくることはないだろう、と冷静に考えられるようになっていました。こういう状況で、もし空き巣が家人を襲ったりしたら、事後強盗ということになって、法律上は強盗罪と同じに扱われるそうですね。そうなると刑が重くなって馬鹿を見るわけですから。

そんなふうに、頭の方はクリアになってきたんですけど、足の方は重くてなりませんでした。何かとんでもなく大きなミスをしているように思えてならなかったのです。

そのとき、また雷鳴が轟《とどろ》きました。

すぐに元の明るさを取り戻したものの、部屋の明かりが一瞬だけ薄暗くなりました。蛍光灯がウインクをしたかのような、その小さな出来事をきっかけにして、ふと思い当たりました。

とんでもなく大きなミス――それが何だったのか、ようやく、はっきりと見えたのです。

これほど単純な間違いを犯したまま、こんな馬鹿げた演技を続けてきたと思うと、ぞっとしました。

わたしは天井を見上げました。

明かりが点いています。さっき自分で点けたのです。

でも、わたしは目が見えないという前提です。それなら、どうして照明が必要なのでしょうか。

彼も同時にその矛盾に気づいたようでした。

二人の視線が、真正面からぶつかり合いました。

はい？

あの日、どうして帰宅時間がいつもより遅くなったのか、というご質問ですか。

勤務先の施設に、小学五年生になる男の子がいるんです。その子から「ピアノを教えてほしい」と頼まれたからでした。


あの日は疲れていましたので早く帰りたかったのですが、彼はわたしによく懐いていて、普段から、こちらを本当の母親のように思ってくれているので、どうしても断りきれなかったのです。

その子の名前ですか？　守《まもる》くんです。雁屋《かりや》守くんといいます。

●堀手署刑事課巡査部長、若林秋久《わかばやしあきひさ》の捜査日記

住居侵入と窃盗の容疑で、箱村新造（三九）を逮捕したのは、八月十二日のことだった。

箱村は過去に一度だけ服役していて、三年前に刑期を終えていた。堀手署では、この男が出所してからの動向を折に触れて調査していた。

この三年間で箱村は、性懲《しょうこ》りもなく、幾度か空き巣を繰り返していたようだ。手口から見て彼の仕業と思われるヤマが、管内で何件か起きていた。

それでもすぐに彼を引っ張らず、ここまで泳がせ続けていたのは、刑事課長の判断による。

たしかに、慌ててワッパをかけたところで、目立った成績にはならない。もう少し〝仕

事〟をさせ、十分に肥《こ》えさせてから逮捕状を請求した方が、マスコミにも大きく取り上げてもらえる。

だがわたしは、そうしたやり方には反対だ。大事なものを盗まれて困っている被害者もいるわけだから、公判を維持できるだけの証拠が揃ったら、可能なかぎり早く逮捕するというのが当然だろうと思う。

ところで、箱村を取り調べている最中に、興味深い情報を摑んだ。一番新しい被害者である町元和江（三四）という女が、どうやら視覚障害を装《よそお》って障害年金を詐取しているようなのだ。

箱村は和江を庇《かば》おうとしていたが、粘《ねば》り強く説得し、知っていることを全て正直に白状させた。そうして得た情報を基に、和江から任意で事情を聴いたところ、実は視力が正常であることがはっきりしたので、詐欺の容疑で逮捕した。

棚から牡丹餅《ぼたもち》式に、思わぬ手柄を立てられたことになるが、これで仕事が終わったわけではない。あと一人、取り調べをしなければならない相手が残っていた。

箱村を和江の家に忍び込むよう誘導し、かつ、箱村と鉢合《はちあ》わせさせるべく和江の帰宅時間を遅らせたのはなぜか。

この理由を、その相手に会って、はっきりさせなければならない。

今朝は寝過ごして慌てていたため、腕時計を嵌《は》めてくるのをうっかり忘れてしまった。それでも『モミの木こども園』に到着した時刻が午後三時ちょうどだったことは、しっかりと確認できた。

なぜかといえば、園の東側に、『時世堂《じせいどう》』とかいう七階建ての百貨店が、つい最近オープンしたからである。その建物の外壁に、大きな時計が設置されていたのだ。

園の前にはわりと広い庭があり、何本かの樹木が植えられていたが、施設の名称とは裏腹に、モミらしきものは見当たらなかった。

三歳から十七歳まで、四十人の子供がここで生活しているという。親代わりになる職員は、ちょうどその半分で二十人と聞いていた。

「雁屋守くんは、もう学校から帰ってきましたか」

近くにいた男性の職員に訊《たず》ねると、彼は施設の南側に顔を向けて答えた。

「はい。さっき、向こうの公園に行きましたよ」

教えられた場所に行ってみると、半ズボンを穿《は》いた男児がベンチに座って本を開いていた。野球帽を被った頭はやけに大きく、細い体とあいまって、遠目には待ち針のように見えた。

近づいていき、こんちは、と声をかけると、野球帽がこちらを向いた。庇《ひさし》の下から覗いた両目の睫毛《まつげ》はずいぶんと長かった。

「守くんだね」

「はい」

守が本を閉じたので表紙が見えた。『ボヴァリー夫人』だった。彼はいま小学五年生のはずだが、箱村の供述にあったとおり、本は高校生向けに翻訳されたものだった。

「きみは読書が好きなんだね」

「はい。でも、これからはスポーツを頑張りたいと思っています」

「ほう。どんな種目に挑むんだい」

「陸上です」

園の運動会で駆けっこをしたとき最下位だったので、悔しくてしょうがないんです。そう守は説明した。

「じゃあ、将来は学者にもスポーツ選手にもなれるな」

「いいえ、どっちにもならないと思います」

「だったら何になるつもりだい」

「親の跡を継ぎます。せっかく父が始めた仕事ですから」

仕出し弁当店を営《いとな》んでいるという彼の父は、経営難からやむなく箱村と同じ罪を犯してしまい、いまは刑務所に服役中だった。ちなみに、アルコール依存症患者だったという母親は、二年前に肝硬変で亡くなったらしい。

「そうか。――ところで、おじさんが何者なのか当てられるかな?」

「県の仕事をしている人ですよね」

守と面会する約束は、施設の園長を通じて取り付けた。「わたしの身分を、守くんには、県職員とだけ告げておいてもらえますか」――園長にはそう頼んであった。

「県の仕事といってもいろいろあるんだけどね」

しばらく考えてから、守は「刑事さん」と答えた。

「どうして分かった?」

守はこっちの足元を指差した。「そういう靴を履《は》いているからです。上はワイシャツとネクタイなのに」

わたしが履いていたのはスニーカーだった。

守によれば、スーツに運動靴という格好をしているのは、学校の教師と、あとは刑事ぐらいだという。そしてわたしは教師っぽくないのだそうだ。その理由について訊ねると「ジャージが似合わなそうだから」という答えが返ってきた。

「きみは何でも当てられるんだね」

「何でもなんて無理です」

「そうかな。だって、箱村が空き巣狙いだってことも知っていたじゃないか」

守は目を伏せた。

「どうして見破ることができたんだい」

「……指です。ぐちゃっとなっていましたから」

思ったとおりだった。箱村は、指の先が荒れていた。泥棒のなかには、指紋を隠すために、釣り道具に使う瞬間接着剤などを、指先に塗っておく者が多い。ただし、それらはたいてい強力な薬剤だから、皮膚が爛《ただ》れ、剝《む》けてしまうことがよくある。きっと守の父親も、同じようにして指紋を潰していたのだろう。

「きみは、町元先生が、目が見えないふりをしていることまで見抜いていた。それは、どうやって分かったんだい」

するとと守は『ボヴァリー夫人』を開いた。比較的前の方に、挿絵が載っていた。結婚式の場面だ。写真と見まがう細密な絵だった。

「町元先生の前で、このページを開いてみせたとき、変わったからです」

「変わったって、何が」

守は自分の目を指差した。

聞けば、この絵を目にしたとき、町元和江の瞳孔《どうこう》が開いたという。そんな些細《ささい》な変化すら見逃さなかったところを見ると、守は本当に和江を慕っていたのだろう。

たしかに、人の瞳孔は、興味のあるものを前にしたとき、通常の三割ほど大きくなると言われている。

「町元先生は独身だから、結婚に憧《あこが》れていたんだと思います」

「そうか……。ところで守くん。これからおじさんと出かけてみないか」

雁屋守を外へ連れ出すことについては、すでに園長から許可をもらっていた。

「どこへ行くんですか」

「楽しいところさ。どうだ？」

守の肩に手を置いてみると、彼は身を硬くして、行きます、と答えた。

彼を車に乗せて目指した先は、郊外にある遊園地だった。二十分ほどで到着した。

「守くんの身長はいくつだい」

「百四十五センチです」

「そいつは怪しいな」どう見ても、それより十センチ以上は低かった。「こんなところで見栄を張ったって、何の得にもならないぞ」

「すみません。本当は……百三十二ぐらいだと思います。だけど、どうして身長なんか訊ねるんですか」

「あれに乗りたいからだ。一緒にな」

わたしが指差したのは、ジェットコースターのレールだった。最高部は三十メートルぐらいありそうだし、途中には三百六十度のループ箇所もある。いわゆる絶叫マシーンと呼ばれるものだ。

乗り場の前には、幸い行列は出来ていなかった。平日だから、園内そのものが、だいぶ空いていた。

受付に設置された【身長が百三十センチに満たない方はお乗りになれません】の注意書きを通り過ぎると、すぐに係員から車両の待機場所まで誘導してもらうことができた。

係員が前方の座席に座るよう案内してきたところ、守は、一番後ろに座りたいと言い出した。理由を訊ねると、そのほうが、ずっと大きなスリルを味わうことができるからだという。

「本当か？　前の方が怖いだろう、普通に考えて」

「後ろです。だって急降下するとき、マイナスGが一番強くかかるから」

「……おじさんにも分かるように説明してくれないか」

「最前列の車両が急降下をし始めるのは、全車両の長さ分だけ下り斜面をゆるゆると進んでからです。だけど最後部の車両なら、一番高い部分から急に落ちていきます。その高さの差だけ、後ろの方が乗っていて面白いんです」

なるほどな、と思い、係員に頼んで最後部に乗せてもらった。

いまだから言うが、無理をしてあんなものに挑戦しなければよかった。正直、怖かったのだ。以前、一度だけスキーのジャンプ台に上り、文字どおり足がすくんで動けなくなったことがある。最後部の車両から地面を見下ろした光景は、あのとき感じた恐怖によく似ていた。

一方の守はといえば、蘊蓄《うんちく》こそいろいろ持っているようだったが、実際に乗るのはこれが初めてだったらしい。一周して戻ってきたとき、彼は顔をだいぶ上気させていた。醒《さ》めやらない興奮のせいで鼻息を荒くしている守の肩に、わたしはもう一度手を置いてみた。

すると、先ほどとは違い、今度は彼もわたしの体に手で触れてきた。

それはジェットコースターがもたらした変化に違いなかった。スリリングな体験を共有したことで、わたしたちの間に、たちまち連帯感が生まれたわけだ。

守が、箱村と和江をしてあの状況を体験させしめた理由も、おそらくここにあるのではないか。強い緊張感のあるシチュエーションを共有した男女は結ばれやすい。昔からよく言われることだ。

両親のいない子に、父代わり、母代わりの存在ができた場合、その子は次に何を期待するだろう。二人に親密な仲になってもらいたい。そう望むのが自然ではないのか。できれば結婚してほしい、とまで願ったとしても不思議はないと思う。

その点を守に確かめてみる前に、わたしは少し迷った。

箱村と和江が逮捕されたとき、両人とも同じマンダリンの匂いをさせていたことを教えてやったものかどうか、と……。

解説　短篇の名手が施《ほどこ》した仕掛け

文芸評論家　細谷正充《ほそやまさみつ》

「短篇の名手」「切れ味鋭い短篇」。長岡弘樹《ながおかひろき》の作品について語ろうとすると、どうしてもこのような、ありふれた表現を使いたくなる。だが、しかたがないのだ。本当のことなのだから。これほど的を射た言葉は、他にないのだから。

長岡弘樹は、一九六九年、山形県に生まれる。筑波大学第一学群社会学類卒。二〇〇三年、第二十五回小説推理新人賞を「真夏の車輪」で受賞。盗まれた自転車を捜す、十五歳の少年を主人公にした物語である。「小説推理」二〇〇三年八月号に掲載された選評を見ると、ストーリーの面白さは認められながら、主人公の年齢と文章の齟齬《そご》が問題視されている。このデビュー作は、二〇一九年現在、単行本未収録なのだが、そんなところに理由があるのかもしれない。なお、同時に掲載された「受賞のことば」で作者は、

「今までにない視点から物事をとらえ、手垢《てあか》のついていないものを創造する。それが新人

の務めなのだ」

といっている。ユニークなのは、そうした姿勢で創られた作品の多くが、短篇であることだ。二〇〇五年の短篇集『陽だまりの偽り』を皮切りに、現在まで順調に単行本が刊行されているが、ほとんどが短篇集もしくは連作短篇集である。『線の波紋』のような長篇もあるが、これも複数の事件を組み合わせた連作形式を採用している。とにかく短篇に、強いこだわりを持っているのだ。

しかも作品のレベルが高い。二〇〇八年には「傍聞《かたえぎ》き」で、第六十一回日本推理作家協会賞短編部門を受賞。同作を表題にした短篇集は、ロングセラーになった。また、警察学校の鬼教官を主人公にした連作集『教場』で、警察小説に新風を吹き込んだ。こちらはシリーズ化され、テレビドラマにもなっている。短篇集は売れないといわれる、現在のエンターテインメント・ノベルの状況をぶっ飛ばし、快進撃を続けているのである。かつてアメリカには、ほぼ短篇専門といっていいミステリー作家が何人かいたが、今の日本では極めて稀《まれ》だ。個人的に短篇が好きだということもあるが、作者の姿勢がなんとも頼もしい。

本書『時が見下ろす町』は、その作者の連作短篇集である。舞台は『時世堂《じせいどう》百貨店』という、外壁に大きな時計の設置された老舗《しにせ》百貨店のある町だ。第一章「白い修道士」は、癌《がん》の夫と暮らす箱村和江《はこむらかずえ》が主人公。科学療法によって起こる末梢神経障害に苦しむ夫は、最近、嘔吐《おうと》が続いている。水彩画を趣味とする和江は、孫娘のさつきに夫を見ていてもらい、久しぶりに写生に出かける。だが、これが切っかけになり……。

この物語を読み終わったとき、ふいに「長岡作品はいいな、テクニカルだ」という言葉が頭に浮かんだ。マイケル・パウエル＆エメリック・プレスバーガーの製作・監督・脚本によるイギリス映画『天国への階段』に出てくる、「地上はいいな、テクニカラーだ」（現在流布しているＤＶＤでは訳が違っているが、和田誠《わだまこと》の名著『お楽しみはこれからだ』で紹介されている、こちらの訳の方が好きだ）というセリフを捩《もじ》ったものである。この映画、天国と地上が舞台で、天国がモノクロ、地上がテクニカラーで撮影されている。そして地上にやってきた天使が、先のセリフをいうのだ。ストーリーもいいのだが、映像のコントラストが、強い印象を与えてくれた。

そして本作も、映像のコントラストが印象的だ。今まで眼前にあった風景が、ある事実が判明することで、違ったものに見えてくる。これを可能にしているのが、作者のテクニカルな手腕なのだ。タイトルの意味が分かったときは、アッといってしまった。鮮やかな驚きにより、最初の話から物語世界に引き込まれてしまうのである。

続く第二章「暗い融合」は、『時世堂百貨店』に勤務する野々村康史《ののむらやすふみ》が、満員電車で立ったまま居眠りをしたとき、痴漢として捕まってしまう。流されるまま罪を認めてしまった康史だが、ある騒動を経て、意外な事実に到達する。たった五人しか主要登場人物のいないストーリーの中で、伏線を張りまくりながら、ラストのサプライズへと導く展開は、やはりテクニカル。ある人物の動作が、伏線であると同時に、物語をピリッと締める役割も果たすところなど、ただただ感心するしかない。「切れ味鋭い短篇」とは、このような作品のことをいうのである。

第三章「歪《ゆが》んだ走姿《フォーム》」は県警チームの一員として駅伝に参加した刑事が、第四章「苦い確率」は奇妙なゲームを強いられたやくざ者が、第五章「撫子《なでしこ》の予言」は客の不可解な態度に困惑するドラッグストアの店員が、それぞれ予想外の真実を知る。どの作品も「白い修道士」「暗い融合」同様、作者の手腕が冴えに冴えている。

さて、それとは別に「撫子の予言」で、注目したい部分がある。主人公と恋人の会話の中に出てくる、

「言っておくけど、おれはそういうのは信じないよ。去年だって見事に外れたろ、ノストラダムスの大予言てやつがさ。世界は滅亡せずに、ちゃんとこうして続いている」

という発言だ。これを読むと、物語の時間軸が二〇〇〇年であることが分かる。つまり現代ではないのだ。それまでもところどころで微妙な違和感を覚えていたが、ここでよう

やく本書全体の仕掛けが見えてきた。窮地に追い込まれた少年の抵抗を描いた第六章「翳《かげ》った指先」で、さらに仕掛けの理解が深まる。なるほど、だから大きな時計が、物語の象徴として必要だったのか。『時が見下ろす町』というタイトルだったのか。面白いことをしていると思いながら、第七章「刃《やいば》の行方」を読み始めたら、愕然《がくぜん》としてしまった。この仕掛けでは、あり得ない事件が起こるのだ。「どうなってんの！」と終始狼狽《ろうばい》していたら、予測不能のラストが控えていた。読者の理解度まで利用した、サプライズ・ストーリーに脱帽である。

掉尾《ちょうび》を飾る第八章「交点の香り」は、再び第一章の主人公が登場。最初の話の中に、気になる文章があったのだが、その意味が判明する。ちょっとでも突っ込んで書くと、いろいろネタバレになってしまうので、とにかく読んでくれというしかない。見事な締めくくりの物語となっているのだ。そしてすぐさま、「白い修道士」を再読したくなるのである。最後の最後まで、作者のテクニカルな手腕に翻弄《ほんろう》された。ミステリーを愛する者として、こんなに嬉しい一冊はない。

ところで本書の各章は、「小説NON」二〇一三年三月号から一六年一月号にかけて、断続的に掲載された。ただし本書とは収録の順番が違っている。発表順に並べると、「撫子の予言」「歪んだ走姿」「苦い確率」「交点の香り」「翳った指先」「暗い融合」「白い修道士」「刃の行方」となる（なお雑誌掲載時のタイトルは、すべて違っている）。最初から本書の仕掛けを考えていたのなら、この発表順が信じられない。どこかの時点で、仕掛けを思いついたのだろうか。それにしては全体が理路整然としているではないか。もちろん単行本化に際して加筆・訂正しているのだが、この完成度はどういうことだろう。本書をいかにして執筆したのか、機会があれば、とことん聞いてみたいものである。

おっと、ミステリーの面白さばかり強調してしまったが、人間ドラマの魅力も満載である。本書で描かれた八つの事件や騒動は、大きな時計のある町で暮らす、人々の人生の断片だ。時に、穏《おだ》やかな繋《つな》がりを見せる登場人物たち。その姿から、描かれなかった彼らの日々を想像せずにはいられない。

＊参考文献　スティーヴン・ロック　ダグラス・コリガン著『内なる治癒力／こころと免疫をめぐる新しい医学』（創元社　一九九〇年）
＊引用文献　北原白秋著『白秋全集25　童謡集1』（岩波書店　一九八七年）

（この作品『時が見下ろす町』は平成二十八年十二月、小社より四六判で刊行されたものです）

時が見下ろす町

一〇〇字書評

切り取り線

購買動機（新聞、雑誌名を記入するか、あるいは○をつけてください）	
□（　　　　　　　　　　　）の広告を見て	
□（　　　　　　　　　　　）の書評を見て	
□ 知人のすすめで	□ タイトルに惹かれて
□ カバーが良かったから	□ 内容が面白そうだから
□ 好きな作家だから	□ 好きな分野の本だから

・最近、最も感銘を受けた作品名をお書き下さい

・あなたのお好きな作家名をお書き下さい

・その他、ご要望がありましたらお書き下さい

住所	〒				
氏名		職業		年齢	
Eメール	※携帯には配信できません	新刊情報等のメール配信を 希望する・しない			

この本の感想を、編集部までお寄せいただけたらありがたく存じます。今後の企画の参考にさせていただきます。Eメールでも結構です。

いただいた「一〇〇字書評」は、新聞・雑誌等に紹介させていただくことがあります。その場合はお礼として特製図書カードを差し上げます。

前ページの原稿用紙に書評をお書きの上、切り取り、左記までお送り下さい。宛先の住所は不要です。

なお、ご記入いただいたお名前、ご住所等は、書評紹介の事前了解、謝礼のお届けのためだけに利用し、そのほかの目的のために利用することはありません。

〒一〇一－八七〇一
祥伝社文庫編集長　坂口芳和
電話　〇三（三二六五）二〇八〇

祥伝社ホームページの「ブックレビュー」からも、書き込めます。

www.shodensha.co.jp/bookreview

祥伝社文庫

時《とき》が見《み》下《お》ろす町《まち》

令和 元 年 10 月 20 日　初版第 1 刷発行

著　者　長岡弘樹《ながおかひろき》
発行者　辻　浩明
発行所　祥伝社《しょうでんしゃ》
東京都千代田区神田神保町 3-3
〒101-8701
電話　03（3265）2081（販売部）
電話　03（3265）2080（編集部）
電話　03（3265）3622（業務部）
www.shodensha.co.jp
印刷所　萩原印刷
製本所　ナショナル製本
カバーフォーマットデザイン　芥 陽子

Printed in Japan ©2019, Hiroki Nagaoka ISBN978-4-396-34567-9 C0193

祥伝社文庫の好評既刊

五十嵐貴久　**リミット**

番組に届いた自殺予告メール。〝過去〟を抱えたディレクターと、異才のパーソナリティとが下した決断は⁉

五十嵐貴久　**炎の塔**

超高層タワーに前代未聞の大火災が襲いかかる。最新防火設備の安全神話は崩れた――。究極のパニック小説！

石持浅海　**扉は閉ざされたまま**

完璧な犯行のはずだった。それなのに彼女は――。開かない扉を前に、息詰まる頭脳戦が始まった……。

石持浅海　**Rのつく月には気をつけよう**

大学時代の仲間が集まる飲み会は、今夜も酒と肴《さかな》と恋の話で大盛り上がり。今回のゲストは……⁉

石持浅海　**君の望む死に方**

「再読してなお面白い、一級品のミステリー」――作家・大倉崇裕《おおくらたかひろ》氏に最高の称号を贈られた傑作！

石持浅海　**彼女が追ってくる**

かつての親友を殺した夏子《なつこ》。証拠隠滅は完璧。だが碓氷優佳《うすいゆか》は、死者が残したメッセージを見逃さなかった。

祥伝社文庫の好評既刊

石持浅海　わたしたちが少女と呼ばれていた頃

教室は秘密と謎だらけ。少女と大人の間を揺れ動きながら成長していく。名探偵碓氷優佳の原点を描く学園ミステリー。

宇佐美まこと　入《い》らずの森

京極夏彦《きょうごくなつひこ》、千街晶之《せんがいあきゆき》、東雅夫《ひがしまさお》各氏太鼓判！　粘つく執念、底の見えない恐怖――すべては、その森から始まった。

宇佐美まこと　愚者《ぐしゃ》の毒

緑深い武蔵野、灰色の廃坑集落で仕組まれた陰惨な殺し……。ラスト1行まで震えが止まらない、衝撃のミステリ。

宇佐美まこと　死はすぐそこの影の中

深い水底に沈んだはずの村から、二転三転して真実が浮かび上がる。日本推理作家協会賞受賞後初の長編ミステリー。

恩田　陸　不安な童話

「あなたは母の生まれ変わり」――変死した天才画家の遺子から告げられた万由子。直後、彼女に奇妙な事件が。

恩田　陸　puzzle〈パズル〉

無機質な廃墟の島で見つかった、奇妙な遺体！　事故？　殺人？　二人の検事が謎に挑む驚愕のミステリー。

祥伝社文庫の好評既刊

富樫倫太郎 生活安全課0係 エンジェルダスター

新聞記者の笹村に脅迫状が届いた。以前、笹村による誤報で自殺した娘の父親の行方を冬彦たちは捜す。

富樫倫太郎 生活安全課0係 ブレイクアウト

行方不明の女子高生の電話から始まった三つの事件は杉並七不思議がカギを握る⁉ 天才変人刑事の推理は？

中山七里 ヒポクラテスの誓い

法医学教室に足を踏み入れた研修医の真琴《まこと》。偏屈者の法医学の権威、光崎《みつざき》とともに、死者の声なき声を聞く。

中山七里 ヒポクラテスの憂鬱

全ての死に解剖を——普通死と処理された遺体に事件性が？ 大好評法医学ミステリーシリーズ第二弾！

深町秋生 PO《プロテクションオフィサー》 警視庁組対《そたい》三課・片桐《かたぎり》美波《みなみ》

連続強盗殺傷事件発生、暴力団関係者が死亡した。POの美波は一命を取りとめた布施《ふせ》の警護にあたるが……。

深町秋生 PO《プロテクションオフィサー》守護神の槍 警視庁身辺警戒員・片桐美波

日本最大の指定暴力団「華岡組」が分裂、抗争が激化。POの美波は元暴力団員・大隅の警護にあたるが……。